瓦歷斯・諾幹

迷霧之旅

台灣原住民系列
44

晨星出版

目錄

卷二 田野書

原鄉的呼喚

廖炳惠

和瓦歷斯結識，少說也有十年了，這麼久的時間裡，始終無法將他那儼如獵人的形象與他雄渾無比的敘事者此一角色密切縫合；不過，每次總是被他的故事所打動，深知他一直努力保護泰雅及其他原住民族群的傳統，讓他們在台灣種種有形或無形的貧富階級、種族、性別等政治經濟惡質競爭中，得以倖存且能進而鞏固族群尊嚴，對他的文化視野及社會正義舉動，我由衷感到震撼與敬佩。除了獵人與詩人的形象以外，我常認定瓦歷斯是徘徊於原鄉與城市之間，在殖民與後殖民論述外另闢空間的文化鬥士。

一九九八年，我堅持邀請他與黃錦樹到哥倫比亞大學，參加「書寫台灣」的國際研討會，與會者都認爲那是最有意義的決定，因爲瓦歷斯與黃錦樹的言論讓所有人大開眼界，瓦歷斯說：他在紐約並沒有迷路感，反而在街頭藝人的表演及各種族群景觀中，找到許多迴響，他的親身敘述，與發表文章時反血統基本論的言行，都令大家耳目一新，他的胸襟、氣魄帶動了會場氣氛，原住民文化的倖存問題變成了大會的主要課題，引起各國學者的熱烈反應。

瓦歷斯的近作《迷霧之旅》將他這十幾年來的個人及族群經歷帶到讀者面前。這本散文集收錄他十幾年來的論著、雜文、札記，可說一方面對部落生活有其自然抒情的描繪，另一方面則對部落歷史及遠景，由深入殖民戲劇到目睹地震災情到旅遊異地的所見所思，均提出語重心長的個人探索與部落敘事，既是傳記、遊記的集結，也是文化身分的呈現。

瓦歷斯透過外界文化、新聞作者的眼光及其問題「你『研究』台灣原住民文化那麼多年…」，披露出自己的處境：「我從來不『研究』原住民文化，我只是回過頭來重新『認識』自己」，也就是重新發現部落的歷史地理動向。

瓦歷斯以回顧過往的觀點，談到早期如何離開部落，討厭父親，受師範教育，請調到豐原的小學教書，開始閱讀、瞭解台灣原住民的社會狀況，毅然決定回到部落，逐漸瞭解父親，接受「山窮水盡」的難題，對部落迷失的老人、果園、大地、山水、神話，一再進行由內心到社會實境的重建工作，在九二一之後的「窮山惡水」及重創受傷的滿目瘡痍之中，聽出部落中大家心靈握手的聲音：「經過了十個月，Mihu部落開始煥發出翠綠的色澤，開始站穩的樹木抽長著新葉，你因此可以聽到大地發芽的聲音」。

比起較早的《荒野的呼喚》、《番人之眼》，瓦歷斯的新作《迷霧之旅》充滿了對土地的痛心及愛惜，在龐大而長遠的災難、壓迫之中，刻意去凸顯安靜的存活小生機，他在上課時，常指著某個部落的景點，道出昔日的樟樹、巨石、城牆的故事，要學生於目前的殘破瓦礫中，在腦海中組構過去的輝煌及族人的勞累事蹟。這本散文集不僅從八〇年代末期的台灣都會出發，重新回到部落，經歷過台灣政治、歷史的動盪，而且也以旅遊的漂離觀點，去看在觀光文化及都會討生活中逐漸消失的族人，也從威爾斯之行、翻越中／南橫，駐足花蓮立霧溪口，假冒邵族出入日月潭的種種行腳，既驚嘆大自然的神奇孕育生機，也從此一驚異的力量之中，發現土地的變動與族人家園的毀滅，產生出雙重視野與分裂意識，時而在思源啞口午後的捲天動地濃霧裡，升起心底的猶豫與憂鬱想像，但又從中見到族人勇登山丘，越過險阻，沿著蘭陽溪兩側高地，眺望太平洋建立了足以生根立命的部落，對此興起浩然雄渾的神思。

在威爾斯的遊歷，也往往讓瓦歷斯憶起原鄉的歷史相應情節，尤其威爾斯的母語於一五三六年遭禁，卻在一五八八年，因爲教會將聖經譯成威爾斯語，得以保存，一九六七年廢禁語令，一九九三年官方文書、教育部開始用雙語。台灣的原住民母語在若干情境下有些近似，但是目前的雙語政策仍未明，顯然仍有必要像威爾斯借鏡。

《迷霧之旅》的第二部是歷史地理的田野，從漫步原鄉到各地的原住民文化巡禮，均經由自然景觀去試圖找出原初部落的奮鬥軌跡。據瓦歷斯的說法，近百年來的原住民史得從一群七十歲以上的老人身上去綴補，這些老人家在生理與精神均處於快速崩解的情況，因此從事原住民口述歷史的採錄，不啻是與時間拔河。

在這本書中，我們看到地理與族群景觀的交織變化，透過這些歷史旅程，我們應可進一步建立多元文化的眞材實料，走出歲月的迷霧，朝更清新明朗的路途邁一大步。

卷一

卷一

夏天的歷史節奏

回到原愛

一、轉折

堅忍的人民走過禁城
拒馬水龍鎮暴部隊和威嚇
再也無可抵禦受辱過的人民
我們要用台灣的愛突破禁城

——走過禁城　一九八九・六・三

一九八九年六月，那的確是個適合療傷的月份，宛如祭典的「五二〇」上演過後，農人攜帶受傷的心靈再度回到受傷的田地裡工作，勞苦功高的鎮暴部隊再度用嘴角舔淨沾血的迷彩裝，中產市民抽緊的心臟再度獲得紓解，台灣的舵手好整以暇的在冷氣房安排下一次的圍堵陣式，彷彿台灣又回到一、兩百年前「三天一小反、五天一大亂」的兵荒歲月。

那時，我已離開昇平的東海岸，請調到台灣西岸一所港邊小學，在每月五百元向學生家長租的五坪房間裡，從二手貨電視機螢幕中俯瞰首善之都的動盪，往往我只能對著三合板擊節長嘆，或是用一顆敏感而脆弱的心寫下憤怒的詩句，〈走過禁城〉正是在那種心情寫下的一首詩。

回頭看自己的作品，好像就和一位多年的好友對視良久，你熟他又覺得陌生，熟悉的是那些悸動的心靈，陌生的是關於自己的轉折！那一年，大學校園裡活潑而荒謬地嘲弄銅像，我的轉折一如〈禁忌遊戲〉般，龐大的神話驚慌地墜落下來！

有人鄭重的宣讀台詞：「偉大的民族救星……」
不知何處傳來的爆笑聲
竟把偉人那頂高帽子
驚慌慌的震落下來
——禁忌的遊戲　一九八九・六・一九

二、台灣孩子到原住民的孩子

二月過了春天在哪裡？
是不是隨人群躲在門後？
還是閃躲在密林的山中？
誰能解釋為何變天了呢？
——白骨的嘆息　一九九〇・三・五

一九九〇年台灣解嚴已過了兩、三年，我寫下了《白骨的嘆息》，作爲初識二二八的台灣孩子對先輩的尊敬。

直到今日；我還能清楚的記憶兩件事。

那是個周六的午後，陽光璨亮亮地劃過二樓的窗戶，農村景緻的鄉野的確適合極了閱讀；那時和同在海邊學校任教的李榮善每每相約，周六、日不外出的時間用來讀隱密購得的禁書，就在他二樓的閣樓裡狠狠地讀完一本書才下樓出外吃飯並且交換心得。我當時趴在床角帶著興奮又有些膽怯地心情閱讀謝聰敏所著的《談景美軍法看守所》一書，我偷懶的先讀附錄的部分，結果讀到看守所慘無人道的刑求方式時，竟然自心底裡湧冒出陣陣寒意，儘管擁被取暖仍無法抑制隨著內心的驚駭而抖動的軀體，我最終竟無法萃讀附錄的部分。那時是攝氏三十度，我驚恐於在繁榮富足的台灣背後，有一群人承受愛台灣所遭致的苦難！

「二二八」被視爲苦難的圖騰的歲月時，我猶在對台灣的認識徘徊不定、猶豫不前的狀態中，參加黨外的說明會時必先買一頂帽子，將帽沿壓的低低的進入操場的邊緣地帶，彷彿偵探般地察視周圍有無相識的人，整個說明會就在聆聽與探頭探腦、變換陣地間不安地進行，那時幾乎將會場的人都視為警檢便衣或「抓扒仔」，每次說明會完了便擔心隔日自己就被警總人員自校園帶走。那天傍晚，細雨降落在台中市的街道上，強烈的燈光照射著臺上，演講者約莫四十，吶喊的聲音響了起來，「不是我不想知道二二八，而是老師從來不講二二八，國民黨的教科書寫到共匪竊據大陸後，緊接著就是三七五減租、耕者有其田……」底下頓時一陣轟隆隆的掌聲！就因為這句話，一個年輕的台灣孩子，開始認真的進入「台灣之旅」；認識台灣，才知道自己擁有原住民血液的孩子竟然不認識自己的族群，我也在這樣的因緣中開始進行我的「原住民之旅」，也漸漸的肯定自己的族群，甚至也要為曾經生活在這塊土地上的族人獻上最大的敬意。

回到原住民的愛，更讓我堅持愛台灣土地的人、事、物！

像鮭魚始終依戀著源頭
順著洶湧的黑潮回溯
狂風吹不斷路徑
暴雨阻不止鄉途
返鄉者始終依戀著母土

——返鄉者　一九八九・一一・一〇

原載於一九九三年六月十五日《台灣時報》

詩與私生活

一、

秋收季節，父親微笑著說
他聽見豐年祭的快樂聲音
我傾耳細聽，流水在嗚咽
山下的民俗村，大概是
觀光客盡情的嬉遊聲吧！

——在烏來 一九八六・八・二七

一九八七年，我已經從東部花蓮回到西部，在一所海邊小學任教，由於初識「老紅帽」，（指台灣社會主義的「台共」），我大量閱讀「夏潮」雜誌，並且從中概略地了解台灣原住民的社會狀態，當時給我的震撼是，爲什麼我從來都不知道族人的另一面，而陶醉在自己所編織的「文學家」的夢幻中？那時候，我將所知道的資料以詩與散文的形式表現出來，「在烏來」就是其中的一篇作品。

烏來其實是我童年一直嚮往的地方，特別是七十年代我們大安溪 Mihou 部落還在全村只有兩台黑白電視機的生活情調下，從潘朵拉盒子映在腦海的烏來部落，是我們公認的「文明世界」。一九六七年我六歲時，隨著教會舉辦的旅遊活動，全部落幾乎響應著賣掉農產品，到東勢小鎮上購買體面的新衣裳，準備著見見世面，我的第一套小西裝就在這種瘋狂而熱烈的情緒下誕生了，我還記得當年那個羞澀的男孩仍然掩不住嘴角的輕笑。二十年後，烏來正以我所最不願意看到的庸俗的掠奪觀光形式呈現出來。在台灣西部向學生家長以每月五百元租下的五坪房間裡，一個悲憤的泰雅族教師寫下對烏來的幻滅！

後來我也聽見祭典的聲音
它們在精美的錄音帶裡轉動
低沈抑或熱情，都令我悲傷

二、

自從丈夫失去弓箭槍枝
就失去了八雅鞍部山脈
鎮日在商店沽酒買醉
向無知孩童收買昔日光榮

——不快樂的母親 一九八七·五·廿一

我們台灣原住民的母親是不是都那麼不快樂，我並不確知。但有件事直到今天依然清晰，當我看完「人間」雜誌第十七期「娼奴籲天錄」專號，想到這些女孩，日後是要成爲原住民的母親時，我竟然不可抑制地痛哭起來，也曾經看過母親哭泣的模樣，那是童年時醉酒的父親打翻家中所有傢俱後經常跳出來的畫面，母親經常爲了護衛孩子而忍受軀體的毆打，儘管我從母親口中得知他們在婚後曾經擁有過一段甜蜜的生活，但家產在退伍時被伯父變賣的父親，隨著孩子的持續出生，強壯的身軀也日漸被養育兒女的重擔壓駝了吧！而七歲就成爲孤兒的父親，醉酒時總要把我抓過來聆聽他不幸的一生，而嘴角揚起憤恨的我，總在私底下發誓長大後離開父親只要孝敬母親就好。國中畢業，當我考取師專的信息藉由收音機傳送出來時，父親遠在鞍馬山受雇林務局從事勞苦的「深山每木調查」，聽到放榜廣播唸到我的名字時，父親跑出工寮外面感謝祖靈庇佑泰雅的孩子，日後聽到父親轉訴當時心情，我竟因而莫名而輕易地毀棄童年的誓言……原諒了父親。

事實上，我並沒有資格講「原諒」二字，只是「理解」了一些事情罷了！我愈來愈覺得父親這一輩的族人是十足的時代悲劇下的產物，受過皇民化的日式教育，也經歷過傳統的燒墾游獵生活，只因時代的轉變，遽而要接受新的語言、新的生活方式，目睹父親輩的飄搖歲月，我想理解與同情是必要的。日後，我就以這種的心情面對逐漸貧瘠的部落！

容我用灰燼般的愛擁抱你
容我用憐蛾般的愛擁抱你
容我用螳螂般的愛擁抱你

——部落之愛 一八八九・八・二八

三、

那時，我們又重回到島嶼的起點
溪流活潑地降下山谷
平原仍舊有翠綠的草地
誰也看不到赤烈的烽火
族人敬重典律與祭典

——在想像的部落 一九八九・六・三

一九八九年，我請調豐原市執教，距離部落僅三十公里，使我有較多的機會往返部落、更正確地說，是讓一個國中畢業就遠遊在外的泰雅孩子重新回頭辨認部落，這時我用精簡而快速的散文體裁，記錄著關於孩童記憶的部落、敘寫部落族人面對現代化的衝擊、描摹與我同輩的兄弟闖入都市叢林的親痛仇快……這些大多收在我的第一本散文集「永遠的部落」中。

除了記錄族人的悲歡離合之外，我捫心自問，一個被台灣大社會認定的原住民知識分子，還能做哪些事？這讓我觸發了創辦「獵人文化」雜誌的瘋狂舉動，套一句台灣人的話，假如要害一個人，就叫他一去選舉、二去討小老婆、第三就是讓他辦雜誌，那我簡直就是自投羅網！一九九〇年十月，徵得排灣族妻子的同意，開始了為期兩年的二人雜誌。當時天眞而熱情的想法是，以文字報導來讓族人開始關心周遭的權益問題，兩年來最大的打擊並非是來自郵檢的刁難，並非是情治單位的注意，這些並未能稍減我們不斷要求台灣住民正視原住民處境的呼聲，我們最大的挫敗反而是得不到族人的反應，那怕是責備我們不努力也好！

一九九二年十月，「獵人文化」走過兩年歲月，也完成了十八篇部落報導，台灣社會在政經文教劇烈的震盪下，也開始提出「促進族群融合、創造多元文化」的口號。當我回頭檢視這口號下的原住民社會，三十五萬人中至少有八萬人進入都市從事最低下的勞工階級，每年驪歌響起時就要耽慮族中女孩離奇失蹤，太多的現象讓我們無法樂觀起來。

面對族群遭受的誤解與漠不關心，我自知只能以一支禿筆，寫下我對生在這塊土地上的族群無比的敬意。

我們即將如你們所願的消失
但我們並非真的死去
我們的靈魂將與哀嚎的大地
一同注目、徘徊並且安慰
承受災難的花草樹木、大地的毛髮。

——台灣　住民　一九九三・五・一二

四、

孩子不說泰雅母語
孩子不再有獵人的心
孩子只管販賣土地
孩子不再尊敬老人
孩子不清楚歷史的面貌
這樣的孩子還像 Atayal 嗎？

——祖靈在環顧　一九九一・四・二八

近幾年，跑部落寫報導，似乎師專青春期的文學夢是愈離愈遠了，隨著議論文章的陸續出現報章雜誌，我似乎被認定爲原住民一枝雄健的「番刀」，然而內心私淑的文學有如一匹沈潛的獸，正不安地蠕動著！

一九九二年初，到復興找老泰雅聊天，老人撐起近百歲的身軀，勉力地自鬍鬚間迸出：「好久不再有小孩來看我了！」視茫茫的目光往山下伸得好遠好遠，彷彿是一條深極了的慈悲的光芒！那時刻，我便知道我是如此忽略老人的心情。花了不下五年的時間調查、記錄泰雅紋面藝術的友人在某日感慨地說：「去年有一百零幾位的紋面老人，今年只剩不到七十位了！」

其實我們是確知原住民的歷史光依靠資料是不足的，特別是晚近一百年的歷史，是必須由這群老人家來綴補，而七十歲以上的老人，在生理與精神都處於快速崩解的情形下，從事原住民口述歷史的採錄簡直就是與時間拔河。一九九三年二月前往台東卑南族做田野調查，得知卑南族與布農族在一八九五年日人進入台灣前，至少有過兩百年的戰爭，而卑南族所認爲的三次進勦東部布農族，對布農族而言，是三次的大屠殺，這些，教科書都沒有告訴我們，出土的台灣歷史資料多的是漢人的開墾史（？），卻少有正確書寫原住民的歷史，難怪我們原住民的孩子認不清自己的族群的面目！

有年輕的朋友問我，出了三本書是不是就叫文學家？是不是就稱爲文化工作者？我的父親日式國小未讀畢業，帶領我到山上，看到我吃力地走上斜坡，嘴裡就冒出「你的腳已被平地舒服的柏油路面弄得很虛弱了」，聽到雅美族老人的對唱，唱出「我們的心正如站在崖邊，唯恐隨時跌下深淵，也像等著你們捕魚回來的心情一般。」到南莊鹿場與初識的老人喝酒時，老人端起酒杯對著屋外的祖靈喃喃說：「這孩子來到部落，請不要讓他在祖先的土地上跌倒！」這些優美而富有情意的話語，的確是我萬萬不及的。

愈親近傳統的精神文明，愈發感覺自己只是還在學習的嬰兒，「文學」的封號，我是應該交給祖靈，而我所做的一切，也才剛開始而已！

一九九二年，我看到你們
統統站在山水。是泰雅的
就站成剛毅的大霸尖山

是排灣，就挺起大武山的胸膛
是阿美，就噴射秀姑巒溪的憤怒
是雅美，就旋轉太平洋的濤浪
就像台灣的山山水水，千百年來
我們就在這種
——悲情未必是宿命 一九九二·六·一
原載於一九九三年八月五日《聯合報》

山是一座學校

初為人師

親愛的孩子，讓我們一同尋找
聲音細密而龐大的源頭
請暫時拾去課本的詰難
在陽光和綠野中蒐尋知識

——花蓮

一九八三年七月，告別金門外島的戍守生涯，我趕往花東交界的富里國小學習做一名小學教師。八十年代的花蓮，正是以寬闊的綠與驕傲的陽光展現在我的旅程之中。「花蓮」一詩，就在這種情境下完成。與其說它試圖以文字描摹我所認識的花蓮，倒不如說它是我初爲人師的心情寫照。初履新校，我的第一件工作竟是看管山村少見的游泳池，當時花東兩縣正熱門中小學泳賽，每臨夏季，浪裡白滔般的學童便自動奔向溪邊或泳池，難怪全國泳賽的前茅不出花東兩縣，那一年夏天，我也樂得在看台上居高臨下地看報讀書。

教師節前一天，原答應學童到山中小澗烤肉嬉遊，母親彼時從台中來花蓮市小舅家，當晚便急匆匆騎著 Honda 150 奔馳到百里外的花蓮市，由於道路新闢，在一處急轉彎瞥見大卡車迎面撲來，稍一偏移，我人已在新砍完的蔗田裡，越兩小時後轉醒，已是血跡斑斑。

一周後，班上學生到八〇五軍醫院探視病床中的我，由於臉部巨創，我只能用露出白布外的兩眼環視學生，我在心中默默紀念這一天，並且確知每一個學童將在我的生活裡留下痕跡。學生離開後，我寫下「車禍與臉」一詩，用來想念我第一年任教的可愛的學生。

隔壁班老師說：
「小朋友都想來看你。」
我心中高興也害怕著
假如我們在病房錯身而過
老師的一張臉你們認不出來
那時候，你們心中焦急著找不到我
而我憂愁你們認不出老師？

脆弱的一面

今年第一個寒流回學校寒喧的冬初
你忽然拒絕和裝訂華美的書本握手
有人看見你溯溪而上
經過一座水泥橋，稻田過去的山腰
你家的屋舍在抵禦寒冷的季風

——逃學

一九八四年九月，新接四年級，班上有對姊弟，姊姊聰慧過人，弟弟外觀俊秀但不喜歡讀書。每天清晨，六十開外的祖父準時用摩托車載送到後門，一定要目送姊弟二人進到教室，離去的背影遠逝，我忽然覺得一抹憂傷暗暗襲來。家庭訪問時，半醉的父親正與兩個女人一同喝酒，姊弟的母親早在兩年前北上花蓮工作，幾次返家要接小孩，都被做父親的打得半死。開學不到兩周，弟弟趁課間活動時溯溪逃學，三天後我們才在工寮找到飢餓的弟弟，弟弟的書包還在，他抱著社會課本睡著了！「我想找媽媽！」當學生對祖父說出這句話時，我完全可以同情與理解親情對學童的影響多大，也就是在這種時刻，我深深體會出教師對學生其實並非萬能，甚至可能是無能的。就像這一對姊弟，他們在心靈上的缺憾，我其實並不能彌補一二。一九八三年到一九八七年，我就是在這種深感無力的情形下完成了「與學童書」、「學童記載」系列，它們正好如實的記錄了我的學生、學生的疑惑與自我在教學上的反省！

一九八五年七月，我轉調梧棲鎮一所僅僅九班的海邊小學，但我似乎仍然無法忘情花蓮所帶給我的陽光、快綠、狹長的河谷地，河谷地上學童給予我的記憶。

下一個春天。當我們越過窗户

遠眺茂盛的草木，我們知道

牛群還要和我們合唱
夏天的牧歌，快快收集你
童年的夢境，閱讀我們的谷地
一個屬於我們的，完完整整的
山谷

——在社會課中

回到西部

蓋著被子看到窗外的番刀
起身隨它帶領到森林的邊緣
叮叮咚咚的伐木聲來自

已然禿盡的部落山脈。天一亮
知道又做夢。早晨有點悲涼

——番刀的下落

富里到玉里之間，有一處地方在晴空無雲時，可以遙見玉山頭。這對於從台灣西部來到東部的遊子而言，第一次望見玉山，關於鄉愁的微微地震撼便迅速擴散出來。童年的部落也就經常在我的夢境裡出現，「番刀的下落」一詩正是父親來電，當晚驚夢後的作品。

梧南國小向西，只要越過幾道防風林遮蔽的稻田就是海岸。幾次上自然課時，我都偷偷地帶領學生到秋割後的田間玩騎馬打仗的遊戲，累了，就躺臥在稻梗上看閒閒的雲散步，手上拎枝殘梗越過眼前，我們都假裝是一架飛機。那時候，好多童詩就在遊戲後的「模擬教學」中完成。「上自然課」後來就成爲我和學生們的秘密！

往常，午後的校園是令人難挨的，並非午後好眠，而是緊臨學校圍牆的電鍍廠總要放一氧化硫等難聞氣體，我們只好緊閉門窗，像個無法展翼的盆栽。做爲一位教師，我只能用僅存的知識控訴人世間的不公不義。

你飛翔的速度和萎縮的草地等快，
誰用精密的儀器大量複製貪婪與私慾？
雪白的翅膀遁入高樓的背影之前，
有人在廣場為子孫憂憂請命哀告。

——鴿子

回到部落

我從抽屜重新閱讀數月前的詩稿。

我聽到熱情激昂的聲音逐漸瘖啞，終至無聲。
如果我的詩並不能使世界美好一點點……？
我劃起一根火柴，讓詩在火中自焚。

——幽魂

一九八五年以前，我幾乎沒寫出關於台灣原住民族題材的作品，我也直到一九八六年才知道有個「台灣原住民權利促進會」的組織，正為原住民的權益而奮鬥。那時，我已在「夏潮」雜誌的洗禮下，慢慢得知台灣原住民族的現狀，首先想起的是自己的部落、部落裡的親人與童年的回憶，這些，後來都收在「永遠的部落」這本散文集裡面。

一九八八年，我調往豐原市執教，距離部落是愈來愈近，父親每每暗示我何時回到部落任教，我總是推托良久！這幾年，辦原住民雜誌、從事文化運動，甚至被封為台灣原住民的一枝健筆，但我卻愈來愈心虛了，因為這些稱呼竟然都不是族人給予的，而部落正以我們所看到的情形逐日惡化下去。我深思一位原住民教師將如何把心力貢獻給生養自己的部落呢？

「回來吧！」父親說。

看著一日衰老一日的父親，正像每一座部落需要活水灌溉的呼聲一般，從每一座山谷裡發聲。是的，我該回去了，作爲一位教師，就該好好的教導部落的學童，就學學雨水如何豐沛大地，森林如何護衛走獸，聽聽山的胸膛鼓動的心跳吧！

你將發現自己是學生也是老師
你的眼睛你的皮膚你的手腳
甚至於你的耳朵都是最好的老師
當山的校園敲起上課的鐘聲
你要自己找椅子上課
風霜雨雪可能是一枝鉛筆

一本書、一架鋼琴，或是
一座實實在在的體育場
因為你正是山的孩子

——山是一座學校

原載於一九九四年三月十六日《聯合報》

遙遠的聲音

一、祖石

台灣的中央山脈有塊遠古的石頭留傳下來，神話中，它並不發出任何聲音，卻接受了神鳥 Silig（西麗克）的鳴叫而迸裂，迸裂後的石頭出現一男一女，泰雅族人堅信這正是他們的祖先，並且尊敬地稱呼那塊石頭爲 Pinsbukan（賓斯博干），意思是：「突破石頭。」

作爲一位台灣少數民族——泰雅族族人，我一直要到二十八歲才從老人家發出沙啞的口傳聲中聽到。那一天，我在 Skayaw（鹿角，今環山）的山上，清楚地看到老人以枯枝般的手指指向東南邊的山脈心臟，我相信，有一個聲音從山的深處傳來，遙遠而綿長的聲音，回應到老人的四心房。

二、黥面

童年的部落，我已經習慣於一張張老人墨綠痕印的黥面閃現在眼前，他們似乎並不發出任何聲響，圖案般的顏臉活似一張張尋常的畫布，在空空蕩蕩的山中，他們只是靜靜地展開、靜靜地燦爛，最後，安靜地埋入土壤中。

來到都市中求學，我愈來愈感受到緩慢而洶湧的意識在改變我。漢人的典籍上清楚地記載著我的族人正是「王面番」、「黥面番」，幾次在夜夢中，我看見自己臉上因出現蛛網般的黥面而驚醒過來，這個夢一直隱藏在多年後的求學午夜中，如鬼魅般隨伺在旁！

日後在訪問族老的口傳中，我慢慢能夠理解「黥面」帶給族人的意義，它是一個宣告、一個責任的印記、一個尊嚴的證據、更是一個通往祖靈之路的接點。女子懂得織布、懂得孝敬長輩、懂得持家，才獲有黥面的資格，被視爲「成人」的象徵。

當我驚訝這是族人的瑰寶時，黥面的老人正以流水的速度消失在手指間。埋藏在中央山脈、雪山山脈兩側的黥面，逐日成為我尋訪族群歷史隱隱的傷痛，它們緩慢而洶湧的發聲，像清晨的鼓點，安靜且堅定。

三、織布的老人

兩年前，友人帶我到太魯閣國家公園布洛灣，我看到族中幾位黥面老婦人被安排在織布展示區中，它們臉上的黥面正與織出來的布紋，相映成凋落與繁華的映像，如此鮮明的詩的斷裂並不被遊客所注意，展示區中多的是文明人的輕忽與訕笑。

友人說：「她們是上下班制，管理處有專車接送。」

我很清楚觀光資本文化那一套運作的模式，作為異地的、奇俗的、荒野的文明，它的命運通常必須展示在文明的國度中證明荒野文明的存在，這一個普遍的事實，經常擊痛一個少數民族衰弱的心臟。

一年後，其中一位老婦人因年邁臥病，不得不退居家中修養。那一天再到秀林鄉，原來是希望能夠採錄關於跨越兩個時代的婦女生命史，再看到老婦人時，一床陰冷糾結的床被，正僅僅纏住逐漸瘦弱的身軀，在微暗的屋室中，宛如蟒蛇正緊擁著獵物。

「要不要照個像，你報導要用的？」友人對我說，並且透露出老婦人是日領時代「太魯閣事件」中抗日總頭目的女兒。這時，家人正輕喚著老婦人的名字，希望他從昏迷的國度中轉醒，我看見蝙蝠般皺縮的婦人，唯一的亮光發自那雙垂目，我看見老婦人繁華的歲月乍然閃亮又瞬即黯淡……。

幾天以後，老婦人過世了，我並沒有過多的悵惘，因爲我並沒有攝走老婦人的黥面，她將帶著泰雅的印記越過彩虹之橋①回到祖先的懷抱。一直到現在，老婦人閃現的驚鴻一瞥，漸漸形成記憶時空裡莊嚴的迴聲，一次又一次地，愈來愈感受到那迴聲的形體，比母愛還柔嫩、比繡眼畫眉②還動聽。

四、消失的族人

我看見自己的族人消失在都市中。

我聽見族人的聲音在叢林般的都市高樓中隱隱發聲。

族人改變突起的喉音發聲，不再發出優美的族語。就在這一片生養他的土地上，

「我不是 Atayal ③」

我看見他奮力地扯下喉嚨，在無人的暗夜中吞下。

在燈光照耀的辦公室裡，我的族人穿上西裝打著藍色的領帶，喉嚨以下是畢挺的衣料，正好掩蓋住黧黑的膚色。在都市一角，我看見他努力地剝下一層肌膚，爲了不讓別人看見部落的顏色，悄悄地，他將肌膚吃下。

我的族人在都市中虛心學習，吃西餐時手上帶著優雅的白手套，飲前酒是必須的，他的習慣像西洋電影中的歐美人，那一天他回到十坪不到的小套房，走路的腳與握手的手都不見了，他高興地笑了起來。

後來，我只看見他的頭顱遊走在大街小巷中，爲了遺忘山的方向，他的眼睛只剩下兩泓黑黑的空洞，再也看不到任何東西，包括自己那一座山的故鄉。

後來，我就不再見到他，像搖動的風，幽靈一般的闖入又消失。

族人在城市消失的速度，就像一句遲來的喟嘆，若有若無地穿進我的耳膜又離去，消失的族人，最後，只剩消失的聲音。

五、部落的聲音

寓居城市多年，有一天，我在清晨的鏡中發現自己正逐漸消失中，我的臉上沒有黥面、手足沒有狩獵技能、心中沒有承擔族人危難的勇氣、腦中沒有熟悉族群歷史的記憶，像一枚山野中凍壞的果子，等待腐爛。

每一次遙望雪山山脈下的部落，有一個堅定的聲音傳了過來。今年酷熱的八月，順著聲音的方向回到部落，童年的黥面，如今，只能在一次次的田野調查中，印證祖先曾經有過美好的傳統；在一次次老人的口語傳說裡，編織著屬於泰雅的斑駁歲月。

在部落的清晨醒來，我聽見鐘鼓一般的聲音，因遙遠而微弱、因持續而堅定，我知道那遙遠的聲音從中央山脈發聲，乘著樹梢的羽翼滑過來了，它們越過一座一座山脊，向四面八方擴散開來，向年輕的生命注入竹琴的音響，向幼小的孩童宣告我們是Pinsbugan的子孫。

【註釋】

①在族人的口傳中，人死後都必須通過彩虹搭築的橋，遵守祖先禁忌的，就能安然通過；違反祖先禁忌的，將自彩虹橋掉下來，受到魔鬼的懲罰。

②繡眼畫眉，Silig，泰雅族神鳥。

③Atayal，族人自稱，「人」的意思。

夏天的歷史節奏

由於過去已經一去不返，沒有任何敘述可以向過去本身查驗，而只能向其他的敘述查驗。

——凱斯・詹京斯（Keith Jenkins）《歷史的再思考》

窗前暴雨突然襲來，下在部落的四周，落在寓居的學校宿舍，恰恰又打在窗前的李樹上。走到後門，暴雨已經忽焉放緩了速度，彷彿玩弄午後一場捉迷藏的遊戲，不到抽支國產菸的時間，暴雨已經隱退在灰雲之天，留下來的足跡僅餘熊熊茂長的野草上的水珠。我懷疑庭院煥發的青草正是長蛇隱居之所，前日已請父親以專業除草的眼光凝視一遍，專業的父親以專業的口吻宣稱還是施以專業除草劑以絕後患，我看著遍地的青草，三年來我對它莫可奈何，經以除草機割之、砍之、斲之、拔之，卻總是在陣雨過後，不屑人世的眼光兀自爬升，我後來只能隨遇而安，偶見青草蔓延庭院及至不忍卒睹之時，我才興起去之而後快的念頭。看著橫陳的草體，感覺它們類似記憶裡的「過去」，每一個過去都已經一去不返，重拾過去的時候，其實是我們再一次編造關於過去的歷史，而每一次的編造又不盡相同。正如午後臨窗的此刻，翻閱一卷自印的詩集，〈在院校的午後〉一詩裡，我又看到一九八六年的我，困頓在賃租五百元的斗室中寫詩，通過詩行的描述，我們看見一個激憤的心靈正在成型。我記得在院校的午後，我的學生通常掩蔽口鼻來往於課室之間，學校圍牆外正好是一座鐵場噴吐著充滿硫化物的濃煙，工廠的主人是學校家長委員，每年定期捐出大額經費充實學校，沒有人會去抗議濃煙之烈甚於一筆經費，我只好走出無害的辦公室，遠望披著一氧化碳的天空，我感覺許多憤怒的聲音正逐次消失，回到課室或者宿舍，腳步的輕盈宛如一隻黑色的貓族，影子迅速的切進安全的牆角地帶。我終於忍不住對著貓一般的國小老師說你到底是誰？一排詩句悄悄地從大安溪畔掩來：

愈來愈像安於屈辱的動物
只能安然退回講台上
歷歷髮指某些遙遠的控訴
在慘白的粉筆灰裡度日
適於鞭打，適於退縮

有一天我從學校走出去，韋恩颱風詭異地從濁水溪口上岸，台灣西部正被狂暴的風雨掩蓋，我回到風雨飄搖的室內讀著彼時還是嚴禁流通的《夏潮》雜誌，努力重新認識台灣社會以及我所陌生的「山地社會」，飄搖的颱風夜我的內心飄搖著心靈的颱風，韋恩過後一個月，台灣社會再一次面臨反對黨組黨的震盪，那是九月二十八日，我經歷一次大異以往的教師節。這一天，我看到斗室裡二十五歲的心靈熱烈地從書冊吸取台灣土地的養分，那個時候的瓦歷斯還是一位蒼白的吳俊傑，過於削瘦的身軀顯然經不起一次風雨的擊打。十年以後我在 Mihu 部落的土地上凝視過去的自己時，仍舊不免感慨萬千。我看到那具削瘦而不失憤怒的身軀開始勇敢的邁開腳步，越過大肚山來到中部的首善之都，年輕的身影與或老、或中年、或在學的人群激昂的討論組黨，那是一群被台灣政治所忽略的馬克思主義的信徒，不到一個月，警總聰慧的耳目來到濱海的小學校，名之為聊天實則監視一個小學老師所為何事，我只能用沈默抗拒某些誘惑乃至於無形的威嚇。黨後來成立了，後來分散了，之後形同虛設，曾經用來標舉著尊重原住民族而成為黨中委的原住民年輕老師的理想第一次瀕於崩潰，我對著目光委頓的老師說：「除了寫詩，你還能做什麼？」解嚴後的一九八八年，族人發起「還我土地」運動，年輕的詩人只能在螢光幕前觀看激昂的族人擎起各族的旗幟，每一次向天空揚起的旗幟彷彿揮痛了一顆無助的心房。十二月，族人又在嘉義火車站拉下曾經將污名交給阿里山的吳鳳銅像，你照例在隔天的新聞版面上才知道抗爭的事，你還是勤於讀書，勤於灌溉蒼白貧瘠的師範生心靈，我看到你寫下自己是一匹獸的詩句，短短的四行見照你的內心絕不只是螢幕前的木偶：

假如我只適合沈默
請讓我挖掘一條深邃的黑洞
我的思想是一支尖銳的鋼釘
把潛在地底的公理擊上大地

一九八九年，你喜愛的《人間》雜誌叫停，這個月又是在教師節，有一群教授與學生走上街頭，我以爲連續幾年的教師節日是很政治的，其實中國的孔丘原就是很政治的，想來也無足怪哉！我知道這世界是愈來愈紛亂，軍事強人上台的郝內閣終於導致莫之能禦的學運，我也從梧棲海岸調遷豐原小城，一九九〇這一年，我開始罹患失眠症，曾經試著學西洋數羊入睡的方法，結果每一隻羊都走在台北街上不肯回到欄柵內。除了寫詩，你應該可以做些什麼吧？在豐原，我時常聽到諸如此類的聲音穿過堅冷的牆壁，八月夏日，薄薄的《獵人文化》雜誌像新生的嬰兒誕生了，通過雜誌所需要的篇幅，我開始往來於都市與部落之間，生硬而彆腳的族語像困頓的風吹過山脊，我帶著錄音機採訪族老，帶著不失熱誠的眼睛環顧我們的部落，帶著一顆尚未完全冷卻的心靈碰撞部落的脈搏。在石板稱著的魯凱多納，遇見返鄉的年輕人，他在城市彷彿受過生活的鞭笞，每次回到部落像極了在養傷，我在他微醺的嘴巴裡聽見這些話。幾年以後在多納巧遇時他已經不再受傷了，他徜徉在自己的部落裡生活，粗黑的身軀像極了唯我獨尊的雲豹。許多的採訪其實並不如人意，特別是夏日的日月潭，我總是記起一群邵族老人試著回憶並且校正祭典歌詞時的慌亂、無助、喟嘆的情景，我親眼目睹一個正在急速消失的部族是如何努力卻終究無力完成歷史記憶的窘狀。這樣的窘狀似乎也像一則世紀的瘟疫擴散到台灣島上每一座部落，日後，我便決定不再參加任何一族的祭典正是肇始於此。時間快速通過猶帶雨珠的李樹，昏暗的色澤掩向部落的時候，有詩如光發出奇異的色澤，我輕輕的默念詩句，在微黯的光影中我看到了自己的身軀條忽奔馳在山中。

現在走吧，你和我
穿過都市的胸膛
當黑色的河流用牠的嘴巴擦拭泥土
當黑色的廢氣用牠的舌擦拭泥土
讓我們背離敗德的街道
帶著心跳尋找陽光落腳的地方

哪裡是陽光落腳的地方呢？原住民的孩子在城市經常會有這樣的疑問，當城市的高樓阻擋了陽光的照耀，當霓虹燈迷惑了皎潔的眼睛，當國會殿堂的政治鬥爭淹沒了族人的心聲，哪裡是落腳的地方？一九九二年有人到聯合國帶來「國際原住民年」的微小光芒，台灣此時剛剛結束政治的選舉遊戲，政治大餅中族人被恩賜般的獎賞幾個席位，整個島嶼在權力的競賽中猶陶陶然，沒有政治要員注意到「原住民族」的眞理性，從番人——高砂族——山地人的名詞轉變中，不過是「酒女」換上「公主」的標籤，當學界爲文聲援「台灣原住民族」歷史的情境時，台灣的政治官僚則要求住在山上的原住民最好搬遷到都市，原住民青年被要求加入國家軍警的行列以保障生活云云，儼然有「爲何不吃米飯」的宮廷疑問。假如按照這樣的邏輯觀之，則原住民族人之海上船員、路上鷹架工，乃至於遁入地底的礦工、墮入風塵的不幸少女均是天命如此，或者是說宿命如此。一九九三年，美洲印第安的鼓聲已經敲擊到白宮，澳洲原住民族已從統治者締結的條約中討回祖先的土地，我們的族人開始正要面對毒針般的核廢料插在眼不見爲淨的海外蘭嶼，我們的族人再度踏上首善之城吶喊著「祖先的土地到哪裡去了？」前半年悄無聲息的原住民風突然在島上的十月洶洶展開，由南到北，只要是冠上「台灣」爲名的會議、研討會一定要邀請原住民族人參與以示尊重，儘管原住民的聲音最終未被積極的採納。一九九四年，號稱台灣四十年來第一次的「原住民文化會議」風起雲湧的在彼時還是「山地文化園區」開議，會場一隻被斬成兩半的排灣族圖騰——百步蛇，困惑了族人的心，有人策劃一場異於踩街的文化抗爭，在飯店裡，我看到你們三天兩夜無休止的討論與辯證，首日清晨微微小雨，主事者我們曾經的行動人類學者以其副主委的身分警告乃至於嚇阻的說：「假如搞抗爭，以後就別想有原住民文化會議！」（日後的幾年，台灣終於是沒有原住民文化會議，他的一語果然成讖！）會議其實很熱烈，也是因爲抗爭與辯駁而顯出異於往昔熱絡；始終，卻沒有人願意傾聽排灣人巴瓦瓦隆·撒古流因何在報告中留下眼淚的說辭，他說：「如果將原住民比喻爲一棵芒果樹，文化研究者熱烈地討論著這些果實該如何進入博物館、該如何被展示時，我們反而更願意讓他留在樹上給猴子吃，或讓它落地腐爛給蚯蚓分食……」

一九九四年我回到童年的 Mihu 部落任教，在一個夏日的午後追憶曾經發生在我身上的歷史片段，夏日的節奏如此痛快，卻也如此深藏。英國的凱斯·詹京斯對歷史的思考曾說，過去已經一去不返，我們所知道的歷史永遠只是編寫歷史的這一群人的歷史，只有通過線索、證據反對以往的歷史，我們才可以創造屬於自己的歷史。對我而言，追憶十年的歷史宛如一場夏日的節奏，我依舊深信回到部落的族人將是未來創造命運的保證，如是，請跟我唸：「我們將匯合純淨的光譜，像黑夜般抵達黎明。」

原載於一九九八年九月九日《聯合報》

凝視部落

在 Gingahau

三年前的今日，我從紛擾炫麗的都城返回部落，白色的雪鐵龍在 Gingahau ①（漢譯：琴納浩）稜線停佇良久，向北望下，大安溪左岸平台就是生養我的部落，部落與客家庄白布帆隔溪相對，部落北向，一道喚爲「摩天嶺」的山勢像面扇子垂下溪谷，再遠一點，你就可以看到大霸尖山的南端了——如果天氣好的話。日後，從都城回來部落，我總是維持凝視部落的習慣，彷彿，深怕它有一天消失在我的眼前。我對孩子說，你聽，有沒有聽到族人敲擊大樹的聲音，孩子從來沒聽到過，只有在颱風過後，勉強告知聽到了樹枝斷裂的聲音。其實，Gingahau 已經不聞敲擊的聲音很久了，南邊的城市也已經不是百年前攻伐拓墾的客家庄了，它們早已換新了現代的建築，水泥洋房與車水馬龍相互競馳，從新社鄉平台上最高的蜜蜂山[2]而下，烽煙四起的景象已經大異以往，它們在沿途種植了甜蜜蜜的各式水果，以及身形優美翠綠盎然的檳榔樹。

躍下Gingahau，我們就來到部落下方的觀音溪[3]，一九一〇年，「前進北勢群」的日本台中前進隊本鄉隊長曾經在此趁黑夜探險，闢出一條前進隊的通路，由於他們打開手電筒，還曾經被駐紮在大克山的日本砲兵部隊誤認爲是進襲的族人而開炮數發，險險差點被砲擊而死。這條通路在哪裡我們已經不得而知，族老說可能是部落南面通往東勢林場的戰備道那個方向，我們通行此處，黑夜裡的手電筒已換爲台電設置的路燈，大克山上，大型的森林遊樂區已然佔領該處，它們招待並且吸取觀光客的金錢，七十幾年前的砲轟聲今日已被遊客的喧鬧之聲所取代了，這條柏油舖就的平坦大道，往上前進數百公尺，一座泰雅部落安然停歇，入夜後的晚風習習吹來，有人在庭院外烤肉飲酒，有人在客廳裡數落電視螢幕上蹩腳的歌手，彷彿，它是一座未經戰事洗禮的桃源，彷彿是。

風的意志

夏日清晨的陽光總是從八雅鞍部山脈攀爬而上，陽光平均而和悅的散佈在山谷裡的部落，我經常在下課後的閒散時光裡爬上八雅鞍部的腰間，如此便可以清晰的俯瞰著部落，北邊是以往的日警埋伏坪駐在所，現在稱爲雙崎派出所，逡巡的眼光往南正是新建的部落小學，操場上，你可以看到小孩和年輕人汗流浹背的拚打籃球，彷彿世間的親痛仇快就要在這一方小小水泥地解決殆盡，周圍山地延伸而下的羊腸山徑你可以看到正要返家的族人，他們辛勤一如往日。回到寓居在學校宿舍的住家，我通常在入夜時刻翻開發黃的書冊，書內的黑字圖文在黯夜中悄悄發聲，人影晃動宛在眼前。我們於是知道這是一處泰雅部落，史稱「北勢八社」。

早期，台灣中部的梨山、谷關以其山形優美的景致擄獲觀光人潮，近期的東勢林場，以百花爭豔、避暑勝地聞名，有「中部陽明山」的美譽。但是熟悉本地區人文歷史的人們，對它的感覺當不只是「旅遊觀光的勝地」吧！兩、三百年前，這是一塊漢人眼中的「惡地形——番地」，居住此地區的族人，人類學家稱爲泰雅族，而早期漢人文書中以族人善攀爬、腳趾奇大而逕呼爲「雞爪番」，日後以其臉上刺墨又稱「王字番」、「黥面番」，意思是其人一如動物。可是我們在「岸里文書」上很早就看到族人與平埔巴宰族岸里社的「交往」。一七六六年、一七八四年，北勢群 Lobugo（屋熬、老屋峨）十三社前後兩次在巴宰族岸里社通事（敦仔、張鳳華）的引介下「歸化」④，甚至在「林爽文事件」（一七八五——一七八八）時，清廷曾發動北勢群⑤（今大安溪沿岸八社）助戰；林爽文兵敗逃亡至中部山區時，又策動北勢群阿里山鄒族協助搜捕，事平之後兩族頭目都被帶到北京與乾隆皇帝見面（北勢群頭目共三人，是由東勢地區的漢人通事帶往北京），儘管返台時一人病故，但這已是族人最早到「國外」的記錄了。直如馬偕博士所說的：「族人宛如風的意志！」

這個「風的意志」的民族日後使得劉銘傳、林朝棟的大軍幾度進逼「番地」的時候絲毫佔不到丁點便宜，只好在占領的地區內重要的地點駐紮軍隊防備而已（大安溪、大甲溪兩處的埋伏坪），也就是說，假如我們以東勢開發（一七八五年，墾首劉啓東自大陸引近文舉人曾安榮、何福興、巫佳蘭等人合資開拓東勢角搭寮從事造材）作爲開啓的話，漢人大約花了兩百年的時間從東勢向「番地」僅只推進了十三公里之譜。這十三公里的旅程，又豈只是親痛仇快所能含括的，歷史，總是令人玩味再三的！

兩個太陽

在族人的神話口傳裡，曾經傳下一則故事：在遠古的時代，天空輪替著兩個太陽焚燒大地、祖先派出勇士將其中一個太陽射殺，成爲我們現在所看到的黑夜出現的月亮，它的血液迸散在天空，就成爲今日的星群。一八九五年日人據台之後，族人彷彿又回到荒野中兩個太陽的世界。每當太陽旗幟飄盪在山頭的時候，接續而來的總是遠近不一的砲彈呼嘯聲，族人在震耳欲聾的鎗砲中一如「不停在危崖顫抖的樟樹」。我經常俯察大安溪兩側古老的戰地，現在它們爲亂石所據，或者爲掩草所埋，已然發不出往日的光澤，當我撥開草徑，細微的光芒射入，我總是以爲可以找到某些荒廢的靈魂——我錯以爲可以找到的。在日人發動的征討戰，它們較之清代鄉團式的、小規模的戰鬥遠遠高出十倍百倍，隨著隘勇線的推進、食物的封鎖、武器與軍警的入侵，族人馳騁在山間荒野的恣意就在日人「移住計畫」下成爲監管的大型動物園，至今族人乃傳下牛欄坑的地名叫 Sion，意思是「快速通過」，原來那是日據初期封鎖族人的隘勇線，冒險越過隘勇線的族人機智地以乾竹竿撐開通電鐵絲網，叫族人快速的通過。

儘管如此，和平鄉境內的族人也要遲到一九二七年十二月和尚未與日人「和解」的薩拉茂群（大甲溪青山以上各社）舉行「和解式」之後，才算是初步「安定」境內（東勢郡）族人。日後族人斷斷續續的出草行動，使日人深知武力平服其實並不能穩固族人跳躍的心臟，「教育番人」（皇民化）才是徹底將族人野性拔除的利器，就在今日的自由村雙崎、博愛村松鶴、平等村環山分別設立了「埋伏坪」、「久良栖」、「平岩山」三處番童教育所，經由教育所開始接受新知識、新文明的族人，也在後來世代交替的日據末期與國民政府初期發揮了穩固部落的力量（我們可以從國民政府時代鄉公所人員均爲受過日式教育得知）。這與日人教育所開辦初期，族人「不安於課室」紛紛逃學的窘境相對比，直有未可預言的力量。

就在皇民化的過程裡，族人傳統的姓名在「國語之家」、「善行章」所附加的物質與社會地位的利誘下，次第加上了日本名字，當我們所熟悉的族名 Ju-ming Ba-jas Vo-xer A-li 換上了倉田、澤井、田中、鈴木時，遙遠而美好的祖制隱隱發生了變化，那些變化從日常生活中細膩而深入地直抵人類思考的最初據點——腦門。因此，你不要奇怪二、三十年前猶對日人發出爆烈的奇襲行動的族人，在一九四〇年三月十八日的台中水源地運動場，整個台中州原住民青年三十二個團體、一千八百餘族人組成了「高砂族聯合青年團」，作爲「南進武討」的先聲，服膺「戰死是對天皇報效」的道德上綱。

當第一梯次「高砂義勇隊」約五百人於一九四二年十二月十七日前往菲律賓丹巴島等地時，族人也躬逢其盛踴躍地參加，族人在出發前恆常披掛紅色從軍帶，上書「武運昌隆」……等等字樣，恆常是出發前在東勢郡駐在所前廣場拍照留影，兩、三年後，族人戰死、病死、突擊而死、搬運而死者十之五、六，當年在「武運昌隆」庇佑下的黑白照片，僅徒留新寡的婦人一絲絲的奇蹟與想念了。

千百年前兩個太陽的世界，族人擁有三位勇士前往征討射殺太陽，因此挽救了族人生命財產。百年前兩個太陽的時代，族人接受了「教化」，千百個勇士前往南洋打了一場爲天皇而戰的殊死戰，而族人的未來卻在國家的轉換間進入一座未可知的世界。

三顆石頭的寓言

部落的族人至今還能夠準確的描述昭和天皇透過沈黑的廣播器「放送玉音」的時間是一九四五年八月十五日，部落裡駐在所日警聽完「玉音」後，準備好的利刃以玉錦舖在潔淨的榻榻米上，十三里外的東勢角此時早已燃放成串的鞭炮，當遙遠而微弱的鞭炮聲越過幾重山來到部落駐在所日警耳膜裡時，剎那間炸裂了猶自強忍的情緒，仰天長嘆、一死謝罪，都難逃遣送「內地」的命運，直到族人鍾愛的日籍老醫生最後含淚辭別部落之後，我們才確確然知道天已經變了。

一個月之後，天青色軍服的國軍前往部落宣示三民主義的時代來臨了，騎著馬的長官發出族人難懂的北京話說：「你們山地人煮飯用三顆石頭架成灶，就是『三』民主義的表現，簡單的說，就是讓大家有飯吃！所以我們都是三民主義的信徒。」縱然族人無法理解「三民主義」是何方神聖，這個「讓大家有飯吃」的政府所進行的一連串的改革運動的確不同於往日的日本政府。一九五一年推動的「改良山胞生活辦法」，從國語、改善食、衣、居住、作息及一般習俗六大目標實施，部落的竹屋漸漸改成水泥房；在國校，我們族人的子弟朗朗齊誦拗口的ㄅㄆㄇㄈ；圍牆上赤紅的「匪諜就在你身邊」提醒族人要有憂患意識，所以在六〇年代，當對岸的空飄傳單爆裂於部落山上時，族人總要跋山涉水撿拾毛匪傳單交到派出所用以證明赤膽忠心。一九五二年，當光復以來最大電力工程——台電公司天輪發電場開始發電時，夜晚，族人不必學中國古人「鑿洞借光」便有自來水般的自來電閃耀在黑暗的大地上，這一座早年的黑色部落，終年可以在陽光與日光的映照下生活下去了。

整個和平鄉開始令人矚目的時期認眞說來應該是一九五七年十二月六日這一天，

冠蓋雲集的中橫公路「達見——梨山」段通車典禮在上午舉行，有人預見這塊「蠻荒」的山區將有新而快速的變化，事實正如預言，隨著中橫公路的開通，「退役」的榮民一部分安置在各地榮民之家，一部分就在中橫沿線定居下來，成爲山區的「新興民族」，也直接創造梨山、環山地區「蘋果、水蜜桃王國」的現代神話，那時已是七○年代，當族人遙指薩拉茂群（梨山、環山）所在的山區時，不禁微微嫉妒蘋果創造過多的財富。但我們所知道的黃橙橙的金幣也不盡然是這個世界可長可久的依靠，似乎是該有一些什麼事物來支撐山區裡的每一座部落！

八○年代，自從有族人挾著金幣來到城市居住之後，新麗的文明很快地就從中橫公路傳遞上去，每一次的訊息就帶走一部分的族人，一直到九○年代，在城市挫敗的族人開始領悟到發光的東西不見得都是好的。當我們再一次回到部落重新認識養育自己的土地時，族人才驚覺二、三十年間失去的青山不再，祖先的容貌模糊在時間的甬道。

部落在凝視我們

三年間，部落最後一個頭目過世了，沒有人看到彩虹橋⑥跨過部落上空：年輕的孩子在國語實踐的課堂上逐漸遠離了族人的喉嚨，歷史上的偉人恆常是漢族，草木鳥獸之名也是通過閱讀百科全書而認識，口述以及生活實踐的傳統已經被各種學科的條文所取代。當我指著現在是果樹的平台爲日據時期的水田時，孩子錯愕的視爲天方夜譚，我說山頂上曾建有日本的砲台，孩子則詰問那麼高怎麼爬上去？一座巨型的休閒旅遊大木屋蓋在部落東北角，不到數月發生怪事連連，夜晚有人在大木屋周圍聽到老婦說著客家話的聲音以爲是鬼靈出沒之地，一百年前大木屋所在之地正是族人放置頭顱的敵首架，我卻喜歡來到廢棄的大木屋汲取力量⑦。

幾日之前，多年闖蕩都市的大弟引爆瓦斯企圖自焚，我來到燠熱的首善之都前往三總醫院探視加護病房的大弟，目睹被都市之火焚毀的軀體，我知道他其實已經遠離了部落的庇佑，我從他混濁的淚水裡看到某些遺憾的光芒，那光芒深深的刺痛了家族的內心，像許多曾經刺痛祖靈的孩子，他們呈現出極其一致的憾恨之光。我從消毒口罩輕輕的唸著你知道我是誰嗎？全身包紮白色紗布大弟流出了遺憾的淚光，我說，讓我帶你回部落吧！

我其實還無法將大弟帶回部落，他遠在北部的都城躺在仍然感覺灼熱的水床，許多無能爲力的事情我總是寄望在下一代的孩子身上，帶回兩個姪子，在高速公路上我對他們說大伯帶你們回部落，我來告訴你們許多部落的事情好嗎？兩張稚嫩的臉龐煥發希望的色澤，如此堅強如此喜悅。我彷佛又回到久遠的年代，當族老一一敘述部落的人物、發生的事件，我們又開始浸淫在歷史溫婉的光照裡，讓部落凝視每一位族人的行誼，也讓祖靈庇佑每一個遠在他方或是眷守土地的族人。

【註釋】

① Gingahau，泰雅語，爲族人與外界的界線，原意是「凹陷」，因爲以前族人外出交換物品返回部落時，就在此地敲擊一棵中空的大樹作爲告知平安或危險的訊號，久而久之，中空

的大樹就被敲出「凹陷」，故名。今天，它已被改爲族人無以理解的「穿龍」。

②蜜蜂山是族人的用詞，相傳族人在那一座山採集蜜蜂、蜂蜜，作爲滋養妻兒嘴巴的補品。

③觀音溪，族人稱爲 Gonojai，意思是「貧瘠的河流」，貧瘠指的不是水量，而是這條河流養不出大魚，所以以往族人休閒全部落抓魚時，通常都選擇魚多的大安溪。

④「歸化」一詞是官方用語，歷史上經常有一個部落數度歸化又數度反抗，所以「歸化」從族人的角度來看，可能更接近「和平締約」，違反締約，自然就會反抗。

⑤漢人以東勢角（今東勢鎮）爲中心，稱居住在北邊大安溪沿岸的泰雅人爲北勢群，居住南邊大甲溪沿岸的族人爲南勢群。北勢群其實自稱 Pai-Peinox。

⑥彩虹橋，族人視爲人間通往祖靈之地的接引橋，人死之後，族人登上彩虹橋，手心如果不是紅色，表示在人世間偷懶不努力或是做了太多冒犯祖靈之事，就會掉落地獄。反之，就會抵達祖靈善美之地。

⑦族人相信每一個靈魂是大小不一的力量，因而早年的「出草」即是吸取力量的最好方式。

原載於一九九八年三月二十二日《聯合報》

威爾斯記載

一、崆（Cwn）

清晨之旗以征服者之姿
踏進英格蘭大門；
隨著黑夜的降臨，落敗的黃昏
在通向威爾斯的路上淌血。

乘著火車來到里爾（Rhyl）時，仍舊無法測知詩人霍斯曼（A. E. Housman）在（什羅浦郡一少年）（A Shropshire Lad）詩中透露歷史上威爾斯的兩種變異溫度，我依然睏倦於昨夜倫敦友人樓上慶祝情人節的喧囂，耳際因此不免還是過分熱情的喧囂。里爾，這座威爾斯北岸的景點小城，二月的風沙將沙灘退得遠遠的，沙灘上已不見織著地景的遊人，幾隻沙鷗百般無聊賴地覓食，出租的旅遊房車停佇在空地上，宛如一張張等待幸福的窗口。原來從倫敦直奔里爾的火車竟在 Crewe 停駛，在此以客運接駁到另一站繼續未完成的旅程，抵達接駁的火車小站時，天際湧來灰雲，其勢如箭，之後灰雲捲落地面，將人們的衣角洶湧翻捲，一度令人錯以爲是末世紀的異象（我並沒有見到穿著灰黑制服的大使啊！），我望著小站職員，他們神色自若有如神祇，我因此也就放心。因爲旅程的波折，我們並沒有停留在威爾斯邊界上的契斯特（Chester）——這座爲了防禦並監督威爾斯人東進的城堡。

任何旅程的曲折仍是難免的，對著框不住風景的窗玻璃，我如此安慰自己。

Taxi 驅馳在羊腸小道上，司機留著迷人的鬍鬚，問我來自何方，我答稱台灣，司機說從來沒有載過台灣的客人，因此高興地催緊油門讓 Taxi 快樂地奔馳在起伏的草原上。窗外黑暗的色幕掩來，只隱約察覺高低起伏的丘陵，像中世紀的黃昏一般，我感覺空氣裡瀰漫著不安的氣息，我知道旅人的不確定的因子悄悄又越過胸膛，順著脊背攀上後腦勺，我對著蘇格蘭的友人問道：「我們到了哪裡？」友人金黃的眼睛轉溜一圈，安靜地回答：崆（Cwn）。

崆是小村，準確的說是山村，崆的原意就是山谷，另個原典是「冰河時期留下的圈谷」。我們住進一家 B&B（民宿），女主人約六十歲，不知台灣停留在地球的哪一個角落，她熱情的請我們在客廳寒喧，滔滔說出我們小村全說威爾斯語，六歲的小孫女也被捉來示範一至十的威爾斯語以證明所言不虛，女主人坐在稍嫌過小的木椅上說「崆」原爲一散居的小村，計十八戶人家，均以務農爲主，早期的工作是林業，近代以機器取代人力之後，目前從事林業者僅只兩戶。

在二樓的客居，我玩味著女主人強調威爾斯的話題，事實上，威爾斯的祖先早在西元前一世紀出現在巴爾幹半島的凱爾特人（Celt）的後裔，他們憑藉著優異的鐵器文化，成爲散佈全歐的原住民，西元前七百年凱爾特人將煉鐵技術從歐陸帶到不列顛，成爲不列顛的原住民。威爾斯人口二百八十萬人，目前僅五十萬人可以講流利的威爾斯語。二月山村的崆飄蕩著冷厲的寒氣，我的指尖困難的敲擊著 Notebook 灰色的鍵盤，液晶螢幕上次第出現幾行橫字：「作爲同屬於地球上第四世界的原住民，威爾斯的人口至少要比台灣原住民多上九倍，何況台灣原住民族包括十族以上，各族能夠流利的使用母語的人數遠遠低於威爾斯人……」

冬夜的崆，我彷彿聽見貓頭鷹在鳴叫，似乎是鳴叫著與台灣同屬的「嗚嗚嗚——」還是「崆崆崆——」，我夢境裡的聲音確乎是相雜其間。

二、偉大的城牆

威爾斯的太陽，或者是說不列顛的太陽是隨著四季作劇烈變化的，夏天它可以在四點鐘起床二十二點才玩累了落入大西洋蔚藍的暖床，二月的威爾斯在清晨七點仍然不見光影浮動。登上緩丘的頂點，白色而混雜著黃泥的綿羊早在草原四周覓食，牠們柔軟而厚實的皮毛抵禦了愛爾蘭海峽的冷鋒，我穿戴著工業文明的皮毛衣裳依然冷的讓眾多綿羊訕笑，寒風刺骨的感覺很快地就在綿羊輕蔑的冷笑中傳達到腦神經，終於還是放棄久佇山頂的虛擬的豪氣。返回Ｂ＆Ｂ，在門旁看到貓頭鷹的招牌，「Two Hou」，主人說這房子代表「兩隻貓頭鷹在叫著」，每次有旅行人來到時，房子就會發出貓頭鷹的叫。女主人福泰的身軀坐定沙發，突然貓一樣蹦跳起來說：「我終於知道你們台灣在哪裡了，昨天ＢＢＣ報導摔了一架飛機！」後來我們知道那是華航乃至於是台灣航空史上的災難！

不知道房子是否在昨夜眞的發出貓頭鷹嗚嗚嗚——的聲音，還是遙遠的台灣島嶼因震動而搖響著悲鳴的聲音？但是一頭暴漲的黑髮令人誤讀爲貓頭鷹的伊湧（Iaon）一大清早把我們從「兩隻貓頭鷹在叫著」接走了，車子在山腰環行，彷彿是中世紀防禦敵人的溝壕，「還好我們不是英國人，」我的蘇格蘭朋友咂著舌頭，「否則我們住的貓頭鷹之家就會起火。」朋友說的是幾年前的往事，一對移民到威爾斯的英格蘭人在某天夜晚看著自己的房子起火燃燒，從現在想像當時情景，那紅豔豔的色彩是憤怒的歷史之火燒起來的。「現在不燒了吧！」我安慰板著臉孔的威爾斯人伊湧。伊湧將眼睛釘住彎曲的路面，嘴裡像錄音機吞吐著歷史紀年事件：一五三六年禁說威爾斯語。一五八八年教會將《聖經》翻譯成威爾斯語，語言得以保存。一九六七年廢禁語令；一九九三年官方文書、教育部門使用雙語。

爲了表達第四世界的同理心，我也簡要學著教學錄音機播放我所知道的台灣歷史紀年：一八九五年台灣割讓於日人。一九一四年佐久間總督完成「五個年理蕃計畫」，初步將台灣原住民納入統治。一九一五年在蕃地施行皇民化教育，教授日語。一九四五年台灣由中華民國政府接管，台灣原住民族改學北京語。一九九八年台灣教育部門仍未施行雙語。

伊湧將車子停在一處威爾斯家庭中，轉過頭對我說你們將近一百年受兩個國家的統治，比我們複雜多了。我不知道「複雜」意味著褒或者是貶，政權的複雜並不能證明在第四世界的地位，原住民族的振衰起敝恐怕將依賴那個民族自覺的強弱。我低著頭越過家屋，牆壁上赫然是契．格瓦拉（Che Guevara）巨幅海報，三十一年前契．格瓦拉與他的同志們被玻利維亞陸軍與美國中情局的人馬捕獲，他的雙手在玻利維亞無花果村被剁下交給曾經是他的親密戰友的古巴卡斯楚，遺體則草草掩埋在一個秘密墳塚裡，三十年後的一九九七年秘密墳塚被挖掘，遺體在九月送回古巴，古巴人為了安葬他們，特地在距離首都哈瓦那東南方三百公里的聖塔克拉那（Santa Clara）闢建紀念堂。契·格瓦拉代表著當代人類最純淨的良心與熱情，世界上漸熾的群眾運動少有能抗拒他歷史回音般的召喚。我手邊就有他的一本台灣翻譯的《革命前夕的摩托車之旅》，以作為旅行閱讀書，彷彿是宿命一般，我遠抵威爾斯竟又看見三十年前的契·格瓦拉的影子。伊湧為我們介紹主人，主人原來是信奉社會主義的忠實信徒，我們交換彼此民族的處境，主人指著牆壁上的圖像說："Che Gue Vara"。我想我知道他的意思。

在Hawardem參觀圖書館與教堂，午茶時間與一名威爾斯老婦閒談，她說在小時候，下課短短時間到教室外，也都不可以說威爾斯語，現在的孩子幸福了，可以大聲地說祖先的話。老婦問你們還說母語吧！我默默以對，覺得愛爾蘭海峽的二月風冷冽極了，冷得我的心臟正緩慢地拉扯著。

下午伊湧請中餐，經過路旁一座廢棄的城堡，伊湧淡淡的說羅馬時代的建築，土黃色的巨大磚石隱隱發出歷史的光芒，那光芒在西元一〇六六年射入威爾斯境內，也射到我威爾斯朋友伊湧的心上，「你看到了嗎？每一塊石頭都沾著威爾斯人的血。」我當下自然看不到那些流淌在巨石的鮮血，他們經受千百年風雨的吹打，早已褪盡恥辱的血跡，現在只剩下頹圮的城牆供人悼念，我倒是看見了歷史的光芒不斷照射著我們在荒野的族人身上，光芒也照射在遠遊威爾斯的我的軀體上。「歷史上的偉大是踏著人民的鮮血前進的。」我的蘇格蘭朋友如實翻譯，我的威爾斯朋友如實點頭。一路竟然默默無語。

三、在班哥

藍色的車子順著北岸而行，伊湧突然指著東面說：史諾頓峰（Mount Snowdon）。它是北威爾斯最高山峰——三、五六〇呎（一、〇七〇公尺），伊湧驕傲地說全威爾斯有十座以上超過三、〇〇〇呎的高山，對於從平坦的英格蘭處旅遊的旅人而言，伊湧的得意自不在話下，我很想說台灣有一百座一〇、〇〇〇呎以上的高山，但對照威爾斯人的堅毅民族性，我還是不要刺痛他們的「高山」，因爲我相信每個民族都有一座神聖而不可侵犯的高山。伊湧接著說全威爾斯有八百位以上的詩人，因爲相傳如果你有勇氣登上史諾頓峰，並且待上一夜的話，當你下山後，不是變成詩人就是瘋子。伊湧露出少見的淘氣說：這就是威爾斯有許多詩人的原因。我覺得這故事好極了，它比起威爾斯國歌中稱威爾斯爲「詩人、歌者和顯赫之士的國度」還要來得親民與鄉野，我相信詩是從鄉的泥土中悄悄孕育與生長的，正如眾所周知的威爾斯人熱愛衍生於古代吟遊詩人的音樂，那些類似歷史性人物及傳奇的吟遊詩人的故事，乃是支撐著人們在黑暗時代以口述傳統作爲抵抗的心靈力量。

那當代的抵抗與傳承的力量是什麼？我希望能在威爾斯之旅找到某些線索。車過湯瑪士．泰福（Thomas Telford）的吊橋，各式車輛有些轉入班哥（Bangor），其他則轉入「安格西．威爾斯之母」的小島上。羅馬時代小島稱作「莫那」（Mona），抵抗的威爾斯德魯伊教團便是小島上被羅馬軍團圍剿屠殺，伊湧指著壕溝與城牆，我很快替他說：「看到歷史之血了嗎？」伊湧會意地笑著將車子開往班哥城。

我回憶著前一日我對伊湧的發問，在吃午餐時我乘機問了四個問題：

一、一九六七年，威爾斯是在怎樣的情況下（政治、社會文化運動……）使國家解除禁語令的？

一九六三年，一個威爾斯的解放運動的政黨有一人（威爾斯人名、劇作家）在ＢＢＣ電台演說（講題爲「威爾斯語的命運」）呼籲，到了二十一世紀威爾斯語言就要消失，因而鼓動更多人使用母語。有識者提出學習甘地不合作主義進行各項運動，促使政府在一九六七年對禁語令解禁。

二、一九六七年至一九九三年，威爾斯採取的文化運動有哪些？

不合作主義、發展音樂、文學、詩歌（因經濟因素，如發展手工藝等藝術會吃不飽。）

三、威爾斯重視語言文化的動力是什麼？是傳統文化的鼓舞或受到歧視而奮起或英國政府良心發現？

威爾斯在一百年前全境說母語。後來因爲南方工業興起，多數人到南方工作而南方說英語故逐漸失去母語。到今天南方人反而會對能說母語的北方人投出嫉妒反感之眼光。南方有二百萬人，北方有四十萬人，南北方之間有四十萬人。

從言談中得知，官方的禁語如同國民政府對閩南方言的禁止，意在防止方言之擴散，一般家庭仍然說母語，其情況與國民政府壓制消滅原住民語的方式與情況大不同。

另一原因我認爲是威爾斯人對語言文化的消逝較爲敏銳，因而很快地做出反應。四、人和少數民族在推動語言文化運動時通常受到優勢的民族給予「分裂國土」、「獨立」、「造成民族摩擦」的罪名，威爾斯是否也遇到這種情況，如何因應？伊湧其實並沒有正面回答第四個問題，隔天便逕自帶我來到班哥ＢＢＣ威爾斯電台，伊湧說，現在大學論文或考試，學生可以使用威爾斯語，學校會準備老師。

威爾斯ＢＢＣ成立於一九三〇、四〇年代，目前是電視新聞與廣播在一起製作，因爲經費的緣故，這樣做是最爲省錢的方式。裡面的電腦設備與威爾斯首都、倫敦ＢＢＣ連線，可以收到並製播全世界新聞。這一點很讓我們欣羡。他們有三個主要的新聞節目，節目從早晨六點到晚上十點。晚上十二點之後有屬於年輕人的節目。

一路上伊湧說明班哥是講威爾斯語最多的地區，全區二百八十萬人口中，有五十萬人可以流利的講威爾斯語，而北方又比南方更多人說母語。但是班哥近年來也有一些問題，就是英格蘭人搬來北方之後，漸漸威脅威爾斯語的消失，他舉例班哥有百分之八十講威爾斯語，百分之二十的英格蘭人會將威爾斯語同化掉，因此威爾斯人大部分是操雙語，接觸到英格蘭人之後，爲了使雙方得以溝通所以選擇使用英語。我覺得這樣的憂慮是多餘的。我因此提出在百分之八十操英語的地方來了威爾斯人時，威爾斯語會被同化爲英語是可以理解的，因爲百分之八十是優勢族群；但是爲什麼反過來的情況時反而是佔大多數的威爾斯人會被同化爲英語呢？爲什麼英格蘭人不學習成爲雙語者，反而有能力使大多數的威爾斯人使用的語言漸漸消失？這是我無法理解的。我的朋友伊湧說法律規定不能因爲少數就叫他學習多數人使用的語言。這個我知道，但並不足以解釋班哥威爾斯語言受威脅的說法，也許荷米・巴巴（Bhabha Homi）的後殖民論述可以爲我解答，我不確知。

四、我的威爾斯

在威爾斯的最後一天，二月的傍晚很快就要降臨，語言與文化的傳承在當代資訊媒體可能是一個堅強的堡壘，伊湧選擇帶我到ＢＢＣ也許就是一則不言而喻吧！開始想念台灣以及我的族人，不知道什麼時候我的族人可以像威爾斯一般，擁有自己的教育體系、自己的資訊媒體、自己的民族信心，當伊湧說你們人口太少了，這使我深深地感到莫名所以的悲哀，伊湧握著我的手，「只能堅強，少數民族如果不再堅強，就會像每一座頹敗的灰牆一樣！」

班哥下午的陽光頓時刺目，「你知道威爾斯的意思嗎？」我說我不知道，不就是你們民族的稱呼嗎？我的威爾斯朋友笑了笑，「威爾斯是盎格魯撒克遜人對我們的稱呼，意思是『陌生人』或『外國人』，」我說你不會叫我威爾斯吧！「我正要對你說『威爾斯』在我們的古凱爾特語的意思，『威爾斯』就是朋友！」登上火車，我對著我的朋友喊「威爾斯」我聽到我的朋友也從站牌喊著：「威爾斯——」

生活在威爾斯，
你得在由天際潑灑的鮮血
構成的狂野暮色中
保持清醒……
你無法活在現在——
起碼在威爾斯不能

在火車轟隆隆的車廂內，讀著詩人湯瑪士的詩句，黃昏倏忽就席掩而下。

第二十屆聯合報文學獎散文獎第三名

原載於一九九八年十一月廿二日至廿三日《聯合報》

散步在原鄉

一、

有時候我關閉讓我疲累的電腦螢幕，退出座椅，繞過堆滿書籍的桌子，經過一扇簡單的木門，屋外恆常是黑夜的色澤，左轉一條小水溝邊的小道，盡頭有一株桂花樹，經過桂花樹的身邊，香氣總是賴皮的停留在肩上，這時候我差不多已經登上台階上的柏油馬路了，眼前的部落景致總是閒適地與桂花香氣一同出現，這樣的感覺總是讓我忘掉一天的疲倦。

有時，首度來訪的友人來到部落，我總是不讓友人直接闖進部落，我喜歡帶著他們繞進一處窄小的車道，車道原是日據時期控管族人的理蕃戰備道，如今僅是一條幾乎讓人遺忘的小道，小道可以通往四角林與東勢林場兩處觀光景點，恆常我們站在戰備道的制高點，視野越過觀音溪就是我所鍾愛的部落，我喜歡稱之為八雅鞍部山脈的雪山南麓，此刻就在部落的東面，它們恬靜如昔，宛如一隻隻溫馴的貓族。部落西面是接臨大安溪的斷崖，午後的部落，在霞光照耀下，正像一張曠野中的座椅，舒坦的享受著山林吹來的風。

接到出版社直接寄至學校我新出版的詩集時，從我二樓的教室往下望去，默讀著〈土地〉一詩的章節，我竟然不可抑制地心痛起來。

生活，是一朵閒適的雲；
生存，是大自然的規律。
我們的祖先在這塊島嶼上，
工作、休憩、受孕、繁衍，
像大自然所有的小生命，

安安靜靜地存在著，
千百年來，這諾大的島嶼，
如此生養我們。

——《伊能再踏查》〈土地〉一詩

二、

我喜歡在上課的任何一刻隨意地指著某一個部落景點，譬如今日雙崎派出所門前的大樟樹，它在日據時期原來是左右三棵的樟樹，像護衛一般地簇擁日警駐在所，駐在所門前是巨石疊宕的城牆，石牆的每一顆石頭是族人從大安溪谷地搬運上來的，有的人疲累地在搬運途中稍微停宕，很快地就有斥責與軍靴爬上族人的大腿、肚子與耳朵，雖然今日所見，已經看不見巍峨的石牆，只餘不及二尺的殘垣，我仍舊在腦海裡建構著歷史上的城牆。我對著學生問：樟樹原來有幾棵？

「左右各三棵！」學生清朗地聲音迴繞在課室裡，這時我就再問：「誰種的？」當學生指著同儕嬉鬧的說著是 Yumin（猷命）的阿公他們很用力的種，只要這樣的回答響在耳朵裡，我就覺得這一日的課室豐富已極。

因此我往常在下午就可以聽見課室二樓下的族人對著我喊著，有時要我放學後來喝點飛鼠湯，有時迫不及待地又小心翼翼地喊著有好貨，意思差不多是獵到了山豬之類的大型獵物，我更喜歡族人拿我消遣，消遣打飛鼠的時候我只配提著探照燈，因爲我的手指不適合扣下十字弓板機只能摸摸小筆。就是在這樣那樣的閒聊之間，我可以聽見繁複而細膩的族人的口傳，也能親領神會某些大自然的音訊，知識是如此的常民而自然，荒野的情節就在腳底下發生。

現在我看著課室裡六個學生，兩個學生在地震後在外寄讀，北面的大樟樹依舊矗立，可是幾日前推平的家屋使得樟樹周圍空出少見的寂寞與孤獨，二樓下的部落已經不見勾肩搭背的連棟屋宇，它們都在大地震中驚慌地換上殘破的面目，在遠處，我似乎聽到了哭聲，聲音似遠還近，我翻開新裁的詩集，像廣播器，哭聲自淡黃的頁面狂狂嚎叫起來。

樹木找不到泥土
泥土找不到岩石
岩石流浪海洋
海洋流浪山巔
找不到故鄉的都沒哭
找不到家的人類卻
放聲哭了起來

——《伊能再踏查》〈風颱五帖〉一詩

三、

沿著部落筆直而下的產業道路，地震將部落西面再次切割五至十公尺的斷崖，從大安溪谷往上看，馬上就驚嘆大自然的鬼斧神工，而這精異的力量卻是由土地的變動與毀棄族人的家園來具體呈現。我還記得初初從家屋抱著女兒奪窗而出之後來到了學校廣場，在闃黑的夜色中，轟轟然鳴響自四周的崩塌巨響，女兒張大驚慌的眼神緊緊摟著我，「我怕！」我心底裡其實也是害怕的，卻對著女兒鎮靜的說不怕不怕！天一亮，東面八雅鞍部山脈宛如剛舉行橫貫公路的開鑿儀式，黃色的土石垂掛如布簾，布簾底下幾塊果園遭到無情的侵襲，剛要成熟的日本甜柿在一陣搖晃過後停止了生長，族人說樹根被地震咬斷了哪能繼續成長！地貌的改變還可以重新打造，我擔心的是地文的變異，將使族人無所適從起來。

幾日之前，父親央著小弟一定要經過東勢小鎮回到部落，父親說手錶沒了，地震後什麼都沒帶出來，半個月後家屋已經讓阿兵哥推平，殘敗的土石一律被推到溪谷，父親看著飛揚的塵土，整張臉明顯的蒼老許多。小弟爲父親新買了手錶，買完了錶，父親突然指向一處農藥行，咕噥著該買農藥了，碰柑與海梨再不打上農藥，怕明年二月的收成就不好，小弟小心翼翼的問著農藥要灑哪裡的果園？父親毫不遲疑的說就是觀音山上的果園啊你忘啦！小弟並沒有忘記那一塊撫育我們的童年的果園，只是它不是走山了嗎？一時之間，父親錯愕而尷尬地笑了起來，怎麼忘了幾日之前還到觀音山憑弔果園的事哩！看著山腰上的果園被地牛整個好累的情景，父親還坐在地面上瘖啞地哭上一個下午才回家。當小弟爲我陳述這麼一件惹人發笑的尋常事，我卻笑的哭出了眼淚，有如莎士比亞的悲劇總是隱藏在荒謬的情節裡。

我喃喃的唸著我的詩，我開始擔心猶如預言般準確的射入我的心臟。

那時，我們又重回到歷史的起點
天還未明，島嶼仍在沈睡
有麋鹿遠來憩息，垂首飲水

部落的草舍有米酒的香味
圍場上竹竿高高擎起
長老安座上席等待祭典
……

——《伊能再踏查》〈在想像的部落〉

四、

我愈來愈信任老人家對大自然的直觀，那些直觀其實是積累了無數前人的智慧，就像童年時候與父親來到雪山山麓追捕走獸，父親總是不忘提醒自己不可取過量的野獸，那會遭致不幸的事情。我因此知道祖父因爲獵到黑熊之後生命便給山神收了回去。面對莊稼作物，族人也總是表達了虔誠的心意，收穫之後，取一穗作物敬告祖靈。可是地震之後，我們才驚覺往昔的美德善行已經所剩不多，山坡地植滿的檳榔樹倒塌如紛亂而巨大的牙籤；二十年前莊嚴肅穆的森林已經新闢成各式遊樂場，當我從四角林戰備道來到有「中部陽明山」美譽的東勢林場，龜裂的樓層預言著大地的憤怒，原來山林的物種各安其位，人們高估科學的力量企圖改變大自然，大自然卻藉地震的動盪提出復仇的警示。

女兒驚悸之餘我爲孩子準備了筆紙，孩子們畫上對地震的具體感受，2B的鉛色塗滿整張畫面，有些是歪斜的大樓，有些是裂開的地表，四歲的威海指著紛雜的線團說，這是我們的家，我們的家跌倒了。我笑著回答，跌倒了讓它爬起來啊！女兒則聚精會神的爲每張畫過的地震圖塡上一抹小草，之後突然轉過臉說：我們種樹好不好？這些都是小小樹，我希望小小樹長大，很多的小小樹長大地震就不敢來了！靈光閃現著馬丁路德刻記在教堂石壁上的話：

即使知道明天世界毀滅；

我仍願在今天種下一棵小樹。

喔！小女兒為我種下了一棵小樹，在我的心上，你種下小樹了沒有？

原載於二〇〇〇年四月一日《台灣日報》

山窮水盡疑

一、山

有一些記者曾經毫不猶豫地問我：「你『研究』台灣原住民文化那麼多年……」這時我也會果敢地回答著：「我從來不『研究』原住民文化，我只是回過頭來重新『認識』自己……」

通常我會先將山的距離拉的遠遠的，就像每次從都城的師專返回部落，客運車到了石岡，遠遠地就可以從車窗望見雪山南麓幾個起伏跌蕩的山勢，綠黑的山稜線宛如數學迴歸係數的線索，完整飽滿的將歸鄉的情緒拉回原點，我的旅程就像詩一般的數學語言，簡潔、不假外求，並且純粹。

如果抵達東豐大橋，最好隨著意念右轉折到新社台地，傳說中的蜜蜂山在東首，現在已經開發成新世紀梨或者是豐美的葡萄園，肯定找不到百年前的泰雅族人來到彼時還是莽林的蜜蜂山尋找甜滋滋蜂蜜的蹤影，新建的十軍團營區跨騎台地的脊嶺，我以爲東面地震崩毀的山勢就是蜜蜂山，可老爸說還遠著呢？

站在台地上，我的視線往往就不由自主地滑移向北，這時候你就可以清晰的望見族人口傳中的 blrngiau（山貓出沒之地），特別是清晨曉霧時分，你會錯以爲一隻隻捲伏的山貓正憩息在雪山南麓的邊緣地帶，後來從史料與動物誌的比對，族人稱呼東勢鎭爲 blrngiau 其實應該是瀕臨絕跡的「石虎」，老人家說石虎太多了吃不少家禽，每次有客人自遠方來，總是找不到可以宴客的雞肉，咯咯咯叫不停的雞都到哪裡去啦，老人家說石虎吃去了，石虎吃去了家禽，族人才來到荒山蔓林裡找尋大型動物滋養蛋白質，老人家不說的是彼時客家族群從葫蘆墩（今豐原市）越過紅線（石岡、土牛）來到一水之隔的東勢，他們趕走了原居的平埔族人，也用長柄槍嚇退了族人。那是大約兩百年的遺事囉，當客家人將一棵棵樟木鋸下來，風簾般掛在山勢的樟樹群一經掀開，滿蓋著原始森林的山巒便怵目驚心的顯影起來，一如此刻你將裕隆速利1.3的三手車停當在通往部落的東勢出口——中嵙，北望一疊疊門神般的雪山山脈於是開展在你的眼前，客家族人驚懼的神情是可以想像的，因爲是傳聞中「出草」的泰雅族人就隱遁在這群山巒之間，我卻欣喜若狂，因爲抵中嵙，再十三公里就是滋養我長大的部落了。

百年前中嵙山的樟木如今換植了爲數眾多的粗梨，粗梨在接苗的時節總是落盡英華，只有紅色膠布的接苗黏紙像迎接節慶般的張掛著，遠遠地看過去，彷彿是果園的假日景象。中嵙山下流有中嵙溪，它一路從三叉坑蜿蜒而下，過了牛欄坑這座粗俗的地名，原來是日據時期日警用以阻嚇族人進逼的隘勇線，客家族人卻取了個圍著像牛群般的蕃人之地——牛欄坑，儘管畢見種族差異識別，我還是喜歡族人稱此地爲Si-on，意思是如果你要「快速通過」這條通電的鐵絲網，否則一不小心就會觸電像燒焦的山豬，我以爲si-on的名字充滿歷史感與動像，每次身臨其境，總會有歷史的風輕輕擦過肩膀，將衣領緩緩吹昇旋又短促下降，我喜歡這種感覺。

進入今日的 si-on 之地，藏黑的瀝青早已將古往今來的征伐煙硝隱藏殆盡，你可以看到五〇年代在山地進行的青苗運動已然煥發成粗壯的油桐樹，牠們齊心一意的將山巒鋪成四月雪，來往的遊客初臨這一幕，錯以爲來到了北國之境，但車窗外的高溫很快的解融了我們的錯覺，這小小的錯誤儘可以當作是美麗的記憶吧！當我帶領朋友來到隘勇線內的蕃地時，朋友自然會驚呼這就是高山，我說這只是淺山，日據時期，我們父祖的部落馳騁在雪山之中，日警卻以爲那些茅草竹節搭建的部落宛如一枚一枚駭人聽聞的不定時炸彈，因而設法以武力進行遷移。爲了證明所言不虛，我總是催緊油門，讓視野來到客家人稱呼的「穿龍」，我們可以想像五〇年代客運車穿過了龍脊（山脊），將文明與荒野連成一條地圖上的路線圖，人們的喜悅是何等欣喜。等到我們登臨這座族人用以通風報信的 Ginghau（中空的大樹被鎚成凹陷），像電影螢幕，左右拉出了大安溪畔第一座荒野的部落，族人叫她── Mihu，意思是大安溪被兩山夾擊成爲水流最狹隘之處。

我通常不會貿然帶著朋友進入部落，總會繞過通往四角林的昔時日警戰備道，在大姨丈的果園上方有個絕佳的視點，如果你從卓蘭的方向看過來，Mihu 就像一張端坐大安溪旁的椅子，但是這座山中平台般的部落從大姨丈的果園看過去，你就知道它其實像一張撒了舒適的網一般的陷阱，難怪一百多年前清兵棟字營的林朝棟在對付我們北勢群時，望著天險般的 Mihu，只能徒呼「關門」二字，林朝棟五千兵馬始終無法越過關門一步，這一步，最後卻由世界強國日本帝國來完成。

Mihu 部落恆常保持著恬靜地聲息，族人快意的奔馳在山巒之間，無怪乎喜歡拔人牙齒順便在呼痛的拔牙時刻傳教的馬偕博士來到接近北勢群的領地時，讚美並且嘆息著族人簡直是「風的意志」，馬偕的讚美來自於親身感受到族人的快意恩仇，嘆息的是無法越過馬拉邦山來到大安溪谷傳佈神的恩典。經過百年，Mihu 還是安靜地坐在溪谷旁，有時候我以爲這是老人閉目養神的坐姿，不動如山的恬靜氣息仍然散發著驚人的一觸即發。我會對著友人說，你看，在老人的膝蓋上，膝蓋旁有一條瘦弱的觀音溪，溪上小果園就是我出生的地方，順著孺慕已極的手指的方向，我再次壓抑著喜悅的情緒說，你看到了嗎？

二、窮

我對童年出生的竹屋有著莫名所以的印記，它宛如一枚記憶的勳章鑄印在腦皮組織下的某一點，可我現在極目所及也看不到了，你自然也看不到我那出生的奶與蜜的竹屋，他們在九二一大地震的搖晃下摔落觀音溪底，與渾濁的溪水一同流向台灣海峽的黑水溝。

摔落下去的不只是童年之地，許多媒體記者來到 Mihu 部落，望著部落西臨大安溪的邊崖整個掉落五到十公尺的壯美景觀，它們發出的驚怖總是飽含著對大自然鬼斧神工的讚嘆，有的說是「切了一塊的蛋糕」有的在報紙上登錄著「遭武士之手斬斷的部落」，我獨偏愛將這摔落的地塊形容爲「上帝之手」，因爲它充滿著憐惜的聖音，因爲老家對面的天主堂教會也在黯夜的剎那間讓上帝收了回去，它們也都掉入大安溪底，連同去歲花上一筆錢買下的果園，原來打算要蓋一座部落圖書館的計劃勢必將要延後囉！我日後來到遭遇慘劇的三叉坑部落，眼見眞耶穌教會搖搖欲墜，老人家憐惜的說，你看，這場地震連耶穌都保不住，我只好陶侃的說，在我們部落，耶穌的媽媽馬利亞也都掉下去了，何況是耶穌！大家似乎都在比較笑話的誇張弧度，愈是誇張，背後的慘烈更勝一籌！

地震三日間餘震不斷，族中老婦驚慌的安撫著動盪不安的地殼，嘴裡喊著：**Daban、Daban**，意思是讓地震安歇下來，但是餘震總是不厭其煩的試圖測出人們驚恐的程度，於是避走部落的、嚇出心臟病的、顧念著老人小孩安危的，就如散落在災區周圍的吉普賽人，我們將族人聚攏然後協調縣府找到一處安置的處所，我記得倉皇失措的族人在小公園登上豐原客運那一幕，離鄉背井的況味一下子撲上面頰，日後來到中興嶺十軍團軍營，遠處北面被山勢擋住的部落總是勾住族人懸念的一顆心，老人喃喃道：不知道部落怎樣了？

部落依舊在。十二月底的聖誕節我們來到親手興建的組合屋，蹲坐的老人模樣多了滄桑的氣息，雪山山脈橫臥到大雪山森林遊樂區、谷關、中橫一地全都遭到重擊，黃色的土石崩落處儼然是巨大而衰微的癩皮狗不斷喘息著，山脊在夜深發出嗚嗚的鼻息，樹林失去了土石的依護，只能不知所措的張目四顧。據說地震之前大型動物都越過中央山脈，讓東部的布農獵人有了重振雄風的契機，幾隻誤判方向的山豬曾經走入地震後迷宮般的部落邊緣，隨即讓年輕的族人像抓兔子般的進行充滿喜劇意味的圍捕狩獵，這大致是地震之後最令人忘卻煩憂的休閒活動。

有一次應大愛電視台的採訪，我們來到了觀音溪上游童年嬉遊的果園，林務局雙崎工作站的土地宛如被地鼠翻撥了一整夜，傾斜的路面、傾斜的房舍、傾斜的庭園，我們以爲大地在這裡玩弄滑板遊戲。工作站再遠一點約莫一座部落的長度就是果園，那是我八歲時第一次以芭樂枝幹做成的彈弓射下小鳥之地，也奠定了我在弟妹心目中小英雄的基礎，但這座父母親胼手胝足幾十年的果園卻被地震整的太累了，它們面目猙獰露出傷殘的身軀，幾棵殘存的海梨卻驚人的發出異於往日的翠綠色澤，它們與黃濁禿泥對比出畢卡索畫風的氣質，一時間却令我不願舉手相認，這恐怕是我首次對熟習之物產生陌生而恐懼的感覺。我以爲只有我如此！

母親早我幾日來到果園地，崩塌的產業道路讓母親舉足無措，只好沿著別人的果園前行，不料紛亂的巨石擋道，隨後一記輕微的地動，受傷的山發出崆崆的悶聲，然後幾枚碎石無害的奔跑起來，它們嬉戲著來到母親的腳邊，煙硝似的塵土飛舞了起來，母親的雙腳驚嚇的退縮著，先是一步、兩步，最後一路退回到組合屋。母親在組合屋廣場爲我平靜地敘述今日所見，我想母親爲我省略了驚恐的畫面，那些應該是出現在災難電影的畫面，實在不該拿來嚇唬孩子的，這些我知道。我只好安慰母親：以後就別去受傷的山上了。母親只是茫然而懷疑的瞪著似乎要反撲的山。

反撲的山不僅只出現在我們的果園，它們有時候躍出災難的框架形成少見的突梯之勢。譬如說搭建在觀音溪昔日河床上的林姓人家，主人八十歲的族老睡在客廳，地震來過之後竟然毫髮無傷的被拋擲到屋前的檳榔園，當他醒來的時候已經是日上三竿，擔任搜救的年輕族人放心的說：「Yutas，你那麼早到檳榔園工作！」我那參加過高砂義勇隊的叔公也是在搜救的年輕人一陣敲門後才呼呼醒來，年輕人說部落都快要掉下去你還睡，老人家卻緊握著掃把說我以爲你們要趁著停電來打劫，至於這七點三級的地震，叔公卻嗤之以鼻的回應著還比不上二戰時美軍轟炸薩摩爾小島的震撼，聽的我們這些黃毛小子又是一次歷史性震撼。另一個陳姓長老原來在地震前一日正爲日漸茁壯的日本甜柿撒上希望的肥料，地震之後來到果園，竟然已經偷天換日的變成了無人問津的梅子園，問他甜柿到哪裡去了，長老說滑到下——面去了，聽他拉長的「下——」字，你就知道它的甜柿已經滑溜的很遠很遠了，包括他的希望！

父親有一回在風和日麗的東勢小鎮經過農藥行時，曾經央著小弟買肥料，因爲依照時序，觀音溪上游的果園應該下肥料了，如果還在的話！因此小弟極爲難的吞吐著答：「果園不是震壞了嗎？」老爸自然是嗄然若失。因此你就可以看到部落裡失去果園的老人在白日莫名遊蕩的畫面，他們像充滿智慧卻被一場無法解釋的震動偏移了經驗的軌道。老人家說看到 Vakan 樹的葉子紅的燃起來，表示颱風將來的很劇烈；老人家說你看虎頭蜂的巢築在樹的哪裡？在樹頂，颱風不來，如果愈是下方，那可要小心囉！至於地震的預示呢？老人搖搖頭，問問神話傳說吧！

三、水

我們神話裡的大安溪是男人河，大甲溪可想而知就是女人河。我一直想不通爲什麼大安溪是男人河？但我記憶裡的颱風過後，我與部落的孩童總是來到邊崖處觀水勢，看著大水中飄蕩的漂流木發出與巨石相抵的隆隆聲，大人穿著雨衣也前來關心關心，老人家則是將老記憶翻出來指指點點，嘴巴裡法官似的判決著——啊，比葛洛禮颱風還小嘛！那時簡直就是全部落扶老攜幼隔岸觀水的全民運動，場面絕對不比中影公司來到部落放映露天電影還差，就只差沒有感激涕零的畫面。日後我回憶著這樣的情景，頓時明白大安溪腹地原本就較大甲溪窄一些，大雨過後，大安溪的河流氣勢洶湧磅礴，很有男人威武蓋世的氣象，這樣你就知道我們泰雅北勢群的老祖先是如何的觀察入微、洞悉世事了。

印象中族人是很少近水的，原因至少不像鄒族人如此樂愛圍水捕魚，也並非因爲像布農族登山用的小腿肚遇到溪流就會滅頂，實在是，到溪裡拿魚的技倆肯定缺乏在山野中遇到大型動物的刺激、興奮與驚奇，換句話說，沒有刺激腎上腺素的動力。因此老人家總是忿忿的罵著到溪裡的年輕人是十足的膽小鬼，害怕進入到山的心臟地帶面對挑戰。

我的童年總是因緣際會的與水發生密切的關係。有一次父親帶我們遠征大雪山腹地，就在層層的森林圍繞之下進行種香菇的秘密。從部落走到菇寮要花上熄滅一個太陽的時間，陽光似乎也知道我們想要以時光熄滅它，總是在步行山徑的同時發揮極大的熱力，那熱力逼的我們長袖長褲的肌膚蒸騰著水蒸氣，還好山徑裡不時竄出的山溝總有清澈沁人的山水足供解渴，我會用小番刀切割芋婆葉盛著山水，清水在嫩綠的葉上發出晶瑩的光芒水珠，滴溜溜的活像俏皮的彈珠，你絕對想不到芋葉上的水珠是如此耐人尋味，這樣就提供了我們的腳掌撐持到下一個山溝的續航力。

來到菇寮的夜晚，有時山細密地織出森林的衣裳，我的童年的身軀總是害怕著雨水最後也會爲我織出一件雨衣，我問著彼時還是獵人的父親，這雨呢，雨會將我們淹沒。這時父親轉動被火光照耀的金紅色鬍渣，安慰我小鹿般失去母鹿的心情說，雨水降到地面，然後躲進樹根的房子裡，等到我們走上山路，太陽揮動燒烤的手，雨水就會跑到山溝滋潤獵人乾渴的嘴巴，所以我們才不用帶著都市人笨重水壺。過幾年，父親向林務局申請造林地種植生薑，山溝在薑園的下方三十公尺處，每次爲了中午煮飯事宜，只要聽到報時鳥第一次鳴叫的聲音，我就必須驅動著弟妹來到山溝處取水，我們依序用大小不一的孟宗竹背負到工寮，短短的三十公尺險昇坡，通常是我小孩一天之中倍極辛勞的時刻，這自然也讓我們親身體悟到汲水的可貴，直到部落有了自來水管。

部落最早的水道引自五里外的烏石坑溪，烏石坑溪我們管它叫 Guon Gang，Guon Gang 在部落的北邊，南邊是我們稱 Gonojai 的觀音溪，意思是「可憐的河水養不出幾條魚」，既然這條河水都那麼可憐了，族人自然不向它取水。那時是日據時期，水田的耕種需要活水，日警只好動用部落男丁一家一丁，石材取自百尺深的大安溪谷，父親早年失去雙親，十二歲就成爲家中的大人，因此也就苦了十二歲的父親在五十幾年前跟著每家男丁出工，由於父親年紀太小，根本無法撼動背簍裡的石塊，最後還是大姑姑以一條棉被換取父親背簍裡的石頭。這條在我們家族史裡充滿心酸記憶的水道終於在七〇年代的一場颱風吹斷了，我日後也很少聽到父親對日據水道的含恨之詞，它們已經隨著崩斷的土石埋葬在大安溪谷。

之後接引的水道來自部落東邊的山谷，那是一處我們喚作「炸彈的家」，老人家信誓旦旦的說明二戰末期阿美利加的飛機轟炸日資所在，我們這座台中廳五個模範部落之一的埋伏坪部落自然也在目標之中，所幸炸彈手是個基督徒，因爲不忍部落族人死於荒謬的戰事之中，竟然私下緩了幾秒鐘按下紅鈕，炸彈最後畫出一道慈悲的弧線來到部落東面的山谷裡，更加離奇的是，那位炸彈手傳教師尋到地圖中的部落自動請纓，遠從加拿大飄洋過海來到部落第一座長老教會擔任傳教師，算是了卻一段不爲人知的「幾秒鐘的人性光輝」。這個人性光輝所造就的水源地或許就是炸彈震出了水源也說不定，這一點我倒是沒有進行部落歷史的考據工作。至於水源地的水道在何年何月崩毀的卻無人可考，有人說應該還是某次的颱風吧！有人卻不懷好意的推給鄉公所自來水工程發包後的工人阻斷了水道，好讓自來水能夠透過三吋半的水管給它自己來。一九九三年拜國際原住民年之賜，我意志堅定的回到部落時，每個月就要繳交三百元的自來水費，儘管遇到天降甘霖的時節自來水就成爲君不見黃河之水天上來、君不見敗葉黃泥水管來，但這總比溪底挑水、接引天水來說已經是莫大的恩典囉！自來水管理委員會的長老說簡易自來水就是這麼回事，等到沒水的時候，你就會懷念簡易也有簡易的好處！

處在這樣世代交替的全球性世紀末狀態，我只好懷念著父親在童年爲我排除恐懼的故事，相信天上降下的雨水都藏在樹根的房子裡，也許我必須成爲一位趕路的獵人，到了森林裡的山溝，晶瑩沁人的水珠自然會滋潤獵人乾癟的嘴唇。

四、盡

九二一地震首二日，部落面臨斷水的危機。

當時整個部落的族人一同聚集在學校操場，從傾毀的家屋搶下的帆布袋倚著圍牆張掛了起來，就像在電視新聞目睹國際戰事的難民營畫面，以往我們誤以爲那是遙遠的國度而覺得不那麼眞實，等到自己驚慌的從搖晃的家屋逃竄而出，等到整個部落的族人來到國小操場搭起帳棚，等到眞實的難民營景象近在咫尺，你還是覺得一切宛如夢幻。一直要到口乾舌燥，那種眞實的傷痛才具體的從喉嚨裡彈跳出來。

地震首二日，學校的儲水已經告罄。

當時我們等待著救援，以爲救難新聞裡的海鷗部隊很快就要飛臨部落上空，有人翹首了半天終究抵不過當空的烈日，不但海鷗部隊的救難直昇機未曾出現，怪異的是似乎連小鳥也飛不進部落的天空，只有驕陽攪動悶熱的空氣，徒然讓人心像一隻鍋裡緩慢加熱的青蛙，有時我偷偷摸著心臟，心房竟然發出異於往日的遽熱。

地震首一月，水管破裂，道路凹陷，自來水無法修護。

新社台地駐紮的軍用直昇機幾次進行空投之後，我們的泡麵已經可以開博覽會了，素食葷食一應俱全，平時在超商未見擺設的泡麵也都魔術般來到災難的部落，你見過「媽媽麵」嗎？我們可吃了一整箱，我們還記得第一次空投糧食壓壞了張家日本甜柿他一點都不在意，到了第三次直昇機還要降下食物到張家甜柿園，我們的退休張老師終於忍不住損失慘重的甜柿誓死也要與心愛的甜柿共存亡，軍用直昇機見其心可感，只好改空投到堆滿廢棄物的空曠處。最讓人心疼的是一箱箱的寶特瓶礦泉水摔落地面的壯觀景象，只見晶瑩剔透的礦泉水爭相擠出碰撞後的塑質裂縫，我們乾癟的嘴唇一下子脫一層唇皮，你一定沒有見過唇皮如何脫落的，對嗎！

地震首一月，水源易位。

民間捐贈的自來水管抵達部落時，族人便自動出工。順著昔日的自來水管，沿途但見巨石壓破小腿粗的水管，到了小山洞處，無路可進，只能滿山尋找水源。水管拉到養不出魚的觀音溪上游，上游駭然出現小型偃塞湖，湖水的黃濁度差一點就可以當油漆。族人拉著水管游到出水處，站起來，儼然是一具後現代風華的泥人。水接到部落，上部落開水，下部落沒水喝；下部落索性將水先引進水缸，上部落聞聲就要帶著家俬尋架。吵吧，吵了大家沒水喝，只好三班制，只差沒打卡，否則喝水也成上班。

地震首二月，細雨微微，第一波寒流南下。

細雨就像小說家七等生書名一般微微地下著，微微下著的雨也讓自來水管塞滿了黃泥，細雨微微其實不那麼浪漫，族人只好三個鄰一區自尋水路，像間諜戰一般展開新水源戰線，找到了水源，各區自訂收費價格，兩岸談一國兩制，我們部落是具體實踐一國三個自治區，但是不論如何自治，遇到細雨微微就要停水，誰管七等生是小說家，天寒地凍水枯的部落也許就快要石爛了。

地震首二月餘，千禧年第一日。

部落組合屋在聖誕節終於從十軍團搬進來，部落族人當我們是空降部隊，二十六戶飲水自然成了問題，千禧年前一日與上部落長老談妥水價，接著到組合屋與團隊一同迎接災難後的千禧年，宰了一頭倒楣的黑豬，在火光與濕冷的夜雨中一齊倒數千禧年的來臨，五、四、三、二、一，用油滋滋的豬油嘴唇歡呼著新的一年，之後便覺得索然無味，千禧年的夜晚其實與任何一日的夜晚並無二致，只好就寢。清晨六時許，部落送給組合屋的禮物是鋸斷了水管。這是欲哭無淚的千禧年。一日半，團隊自動找水源接水管，水到組合屋，打破部落的紀錄，算得上也是一件欲哭無淚的功績。

地震越六月，梅雨提早登陸，災區引爆土石流。

梅雨降下，梅子就要採青，等到梅雨一停，梅子就要變黃。這是我們部落二十年前的農事曆，如今作物改了，梅雨季降下，我們現在是守在電視機旁，像摸彩般等著新聞快報南投的某處爆發土石流，果然，新中橫下方的神木村又發生了土石流，接著是信義鄉東埔道路，然後是仁愛鄉，後來，後來呢？後來我們就聽見部落東北側發出悶雷一樣的聲響，聲音穿越急雨，悶雷般的聲音後來交織著沈悶的滾動聲，宛如貝多芬來到部落演奏著命運交響曲。梅雨還在下，貝多芬早已遠颺，觀音溪兩岸東勢豪客建造的渡假別墅換成巨木墳場，想像不到一條小山溝衝出兩座操場的土石。通往烏石坑部落的道路更見大自然的力量，烏石坑分校的水泥橋彷彿遇見了龐然巨物，土石推動火柴盒般將新橋緩慢折斷，在岸邊觀望的人們似乎也感到自己的骨骼發出碎裂的聲響，這就是土石流的聲音，它在霪雨的山中自我鳴叫，然後讓聲音摧折人們的骨骸。部落後來也被劃爲土石流災區，那些恣意奔動的土石也數度成爲電視螢幕上的主角，只要土石流上演，族人就必須巡水管、找新水源，然後等待下一場土石流，如此循環的節奏，差可比擬夸父追日。

地震越六月，梅雨提早讓部落斷水。

斷水中的部落，最忙碌的就是各區的自來水管委會。下部落的管委會吳長老是我鍾愛的族人，他有一張方正不阿的臉，九三年長老載運我的書籍來到部落，小卡車的後方右輪竟然因爲書籍過重而神奇的脫落在豐勢大道，日後長老告饒下次搬家千萬不要找上他的小貨車。斷水一日將盡長老就接通下部落的自來水，可水量太小，只能各家輪流接引，長老的堂弟喝過小酒，接水忘了時間，長老盡職地勸說，堂弟不聽，吳長老氣喘休休，返家躺在沙發上順順氣，不到一小時竟然斷氣，緊急送到東勢醫院，診斷是心臟病突發，這是部落斷水導致斷命的第一宗事件。誰都表示存疑，但肯定跟水有關係。

五、疑

少有人懷疑地震後的部落差不多到了山窮水盡的地步，來到部落的朋友總要對著震出土石的山勢憐惜著說好像是窮山惡水。

我卻是喜極了這座窮山惡水的部落。前一周我依照慣例帶著一位美籍學者來到四角林戰備道俯瞰受傷後的部落。我說經過了十個月，Mihu 部落開始煥發出翠綠的色澤，開始站穩的樹木抽長著新葉，你因此可以聽見大地發芽的聲音。族人開始忙著採收新世紀梨，緊接著是十月份日本甜柿，因此可以在戰備道上遠遠的聽見搬運車吼叫的引擎，那是勞動的聲音。族人在筆直的產業道路上相遇，總要親切的詢問對方的近況，那是心靈握手的聲音。學者說我到高處向初見面的客人解說部落人文歷史一如美洲原住民的行徑，我喜歡他如此的比喻。

我因此懷疑地震後的人心差不多到了山窮水盡的地步。

這位美國友人問起泰雅族有沒有關於地震的神話？我回答說有，我們的老祖先把地震具象化爲名叫哈路斯的大巨人，然後凝聚智慧用計讓他吞下兩顆火燙的大石頭，結果將他燒死了。我大聲的對著美國友人說，地震讓我們老祖先用神話燒死了，然後我們滿意的驅動速利 1.3 三手車回部落！

原載於二〇〇〇年九月十五日《中央日報》

卷二

卷二

田野書

迷霧之旅

一、思源埡口升起的濃霧

二月十日，在臺灣漢族歡慶年節的牛年初四，有一輛似乎要褪掉白色光澤的雪鐵龍，快意思仇地翻越中部橫貫公路，經梨山左轉而下，逕奔宜蘭支線。也許它要到蘭陽平原，也或許過了獨立山驀然向左，直取北橫穿突而去。後來，我們在思源埡口看到了近乎灰色的孤獨的雪鐵龍，面對突然升起的濃霧而猶豫不決的畫面，最後，鐵龍似乎被吞噬在滿天飛舞的雲霧之中。

會不會在面對天幕一般的濃霧就猶疑不決呢？這是我在年節旅行發出的第一次疑懼。

思源埡口往南山的斷崖突然升起的霧陣，的確讓我在雪鐵龍的車體裡驚訝造物者的詭異。我從後視鏡一方小小的鏡框看見它收攏著環山的好晴好日，眼前卻是一方天地所設下的陷阱般的迷霧。我放緩離合器，想像族人在兩、三百年前越過白狗大山，穿越梨山、環山時的戒愼情境。環山族人稱 Skajau（司卡要），充滿鹿角的美地之意。在祖居地 Pins bugan（賓斯博干）對著巨石起誓分離後的族人，來到滿山遍野充滿鹿群的美地便決定定居，另一部充滿冒險犯難精神的族人又一次次進行遷移的生死遊戲，他們來到思源埡口面對午後所遇到的捲動天地的濃霧時，會不會也在心底升起了猶疑的想像？日後我並沒有在思源埡口，見到族人遺留任何凌亂的、錯置的、猶疑的腳步，卻在口語相傳裡見證了族人終究是勇敢的越過思源埡口，沿著蘭陽溪兩側高地、遠望太平洋建立了足以生根立命的部落。

當我停在 Pianan（南山）面對不斷包圍我的濃霧時，其實並沒有看到高地上的部落，它們當然都已經不在高地，而是在日據時期被武力驅迫或者以新闢稻田誘引，遷移到離河面更近的淺山地區。也因爲短短一百年來數度的遷移，追索每一個部落眞確的位置已經成爲當代族人覓得歷史源頭的一門艱深功課。這源頭或許是廢棄的疊石，或許是所剩無幾的白髮老人，或許是荒山峻嶺中的一坏黃土，更多的，或許是已遭伐木時期開路闢土而掩埋在深山之中的荒野裡的部落了！

隨著宜蘭支線緩緩下降，南山以下，蘭陽溪以開闊的河面迎接一位疲倦的旅人歸來，我在宜蘭西面的山腰下俯瞰疾駛而過的車陣時，並無從確知旅人所爲何來？也許就只是一次短暫的旅行吧！

也許又不是！

二、「中平 保」在大濁水社嗎？

旅行的本身或終究僅只是一團錯綜複雜的迷霧。

沒有鐘聲的夜半在異地醒來，窗外黑幕隱藏著耐人尋味的雨聲，桌上散亂地錯置一張張資料與地圖，資料是從日據時期理蕃雜誌上翻譯過來的一堆已然陌生的人名、地名。在那個時代，我們的族人通常擁有兩個名字，一個是族名、另一個是代表皇民化標記的日名，目睹著井上、原、山川、志良、高井的名字時，我們幾乎無法辨析那是什麼樣的一張面目，在夜色掩盡的斗室中，它們宛如一層層自思源埡口升起的巨霧。這一些我們所知道的日名，在國府之後又改換了另一個陌生的名字——漢名，下一個世代，人會不會又領著一個全然不相關的名字呢？黑幕以巨大的暗啞回答；相同的是，我們的族名似乎就安安靜靜隱匿在歷史的黑幕之中，像隻冬眠的獸。

上午按照行程尋找冬眠的獸。

蘇澳以南，千萬年的太平洋與山崖握手廝磨，蜿蜒的蘇花公路宛如曲捲山壁的蛇族。一路行到資料上的大濁水社時，蛇族為溪流所阻，牠跨一個身，蛇背成為新建的水泥橋面，向南又再次暢快淋漓地吐著蛇信而行，右側是如今我們所稱呼的「澳花」。它最早的地名其實是莫瑤社（Moujau），族人來到此地遊獵時發現了許多「紅葉樹」，族人日後稱此地為 Degalan，到今天，Degalan 的舊地名已經無法從孩子的嘴巴裡吐出來了。澳花下部落的學童愉快地回答著：這裡是澳——花——村——不是什麼「打卡蘭」。我懷疑澳花村的「花」或許是「紅樹葉」的紅吧！但沒人證實這一點。

我來到村中，年輕的族人果然不認得「中平　保」，風從他的腦後吹過，幾抹時代的髮梢快意的昂揚起來，我看到風帶來現代的氣息，這氣息讓我的詰問顯得不合時令。我說「中平　保」在當年的日據末期可是你們大濁水社的農業指導員，六十年前族人還是馬偕口裏「風的意志」的族群時，「中平　保」已然在日本的理蕃教育下知悉現代的農業耕種知識，也許你們部落水田的種植就是他傳下來的技術呢？我發出嘆息一般的聲音。我們部落沒有水田啊！年輕人輕快的回答，並且出門請來族老。部落南邊的外太魯閣安穩地蹲坐著，似乎在蓄積下一次歷史的風雲；我看到部落上方的麵包山已經讓礦場開挖成灰白的色澤，山下的部落果然已經不見水田，但見怪石嶙峋。族人或遠赴都城，學習像叢林中的猴子攀爬鷹架，或就近來到收購祖先土地的和平水泥專業區擔任臨時工。離開部落時，我以為我看到蓄積的風雲再度攏罩在外太魯閣山區的上空。

黃昏的澳花村村口，蘇花公路往北的車流果然幻化成一條發光的美麗的蛇身，我只好越過蛇背退向南邊，不願夾雜在往北部趕往都城上班的車流裡。我手中的筆記本記錄著八十六歲族老透露「中平　保」的一絲線索，這條凌亂而不失熱情的字跡彷彿就在迷霧中顯現一條細小而微弱的金陽——「中平　保」有兩個女兒，在今年的二月底自國小退休。

三、跳躍的霧陣

來到蘭陽溪上游的 Banun 部落（瑪崙部落）已經是旅程的第四天了，我手上的資料驅動著旅次，通常我已經見不到資料上的歷史之人，但我依然能夠從廢棄的部落、新建的社區、泛黃的照片、或者是他們的子孫身上嗅聞到時代的氣息，那氣息徘徊遊蕩在我的歷史之旅上，也跌蕩在我追索的心跳上。我還在想著「中平　保有個女兒」這個微弱的金陽。事實上，「中平　保」的女兒已經是近乎老婦的六十歲之齡了，我追索它的路徑從大濁水社開始，電話裡的訊息一路翻過幾座山來到員山鄉她兒子家，去電時兒子說又已回老家南澳，在南澳，得知「中平　保的女兒」在山上工作，我只好面對錯落在南澳鄉野矗立的山脈中尋找一位老婦的身影而悵然若失。我突然想到，也許在我穿梭大南澳地區的時候，我們確曾擦身而過，只是無法知悉彼此的面目罷了！也許我們曾經想要知悉的事物就在四周一如無聲息的薄霧散去，它們確曾存在，只是無緣遇見，即便是有緣遇見，可能又無緣辨識。整個旅程，似乎是有緣與無緣的追逐！

旅途中，我資料中的人物一如「中平　保」隱現空中，它們有時出現在資料上的部落，有時隨著時空的變異跳躍到另一個部落棲息，更大部份，他們果然成爲一坏黃土安安靜靜地眷顧他的子民，我只能找到他們的後代傳述父親的事蹟。他們像是一團團霧氣，將歷史的空間織成千層霧，我想要進入其中，卻往往爲霧陣所迷惑。正如每一個不起眼的部落，在當代也織出美麗故事般的迷霧，而我只是一位進入霧中記錄故事的平凡旅人。

Banun 部落的報導人在細雨紛揚的室內爲我講述先生的事蹟，報導人的兒子趕到部落山凹下尋找工作中的妻子，他說一定要叫妻子回來煮中餐。採訪完，遠望山凹下，有人將一顆顆肥美的蘿蔔棄擲山溝，幾個人影勤勞的移動手腳，報導人的兒子正向那群人中走去，山腰的霧網不一會兒就將蘿蔔田吞噬殆盡，直到我看不清人影，只剩無邊無際的白茫茫的霧向我突然襲來。

四、歸程

蘭陽溪上源一直延伸到思源埡口下的南山部落。昔時，這是一條族人從白狗大山，經梨山、環山，步下思源埡口走出叢林的高速公路，南山部落正好是一座中繼站，族人因爲在此炊飯而食，取了「Peyanan」的地名。我的歸程通常也喜歡取山路而回，喜歡沿著百年前的路徑前進，青山綠水總是激起我的思慕之情，儘管南山此處經年瀰漫著濃厚的霧氣，現在就是炊飯而起也是一件不易的事吧，至少炊煙將混在白霧之中。

車行南山，我的旅程一如山路在霧裡盤旋而上。我喜歡撥開謎面般的旅行，每一個迷的解開將又是另一個謎面的產生，它們引領我走向巨大的迷霧之中，又從迷霧中牽引更多的霧點。

思源埡口就只剩幾分鐘的路程，灰白色澤的雪鐵龍在迷霧中奔向充滿鹿角的美地，我知道那是陽光眷顧的部落，再遠一點，就回到了生養我的埋伏坪部落，在那裡，我將蓄積下一個迷霧之旅所將攜帶的養分，因爲我知道，歷史上無數個「中平保」還在等待著我。

原載於一九九九年二月廿四日《中央日報》

歧路花蓮

一、我所知道的「校長」

風乘著細雨尾隨蘇花公路來到花蓮平原的邊緣地帶已是傍晚七點時刻，黑夜也悄悄降臨立霧溪口，Toluku 的族人也早在六、七十年之前從太魯閣山地降下平原的周圍，經過國家公園門口的街道時，我看到了熟悉的族人的面孔。

黑夜中來到秀林鄉族老寓居在大山底下的庭院，隨後便趕往另一族老家中蒐集花蓮地區的田野資料。因爲出生在日據時期，族老一如其同儕擁有日本名字、漢名與族名，它們彷彿三條互不相干的繩索，卻隱含著極其一致的悲離的命運。

族老的青年時期曾經在國民政府的台北師範就讀，回鄉任教於新城國小與遠隔立霧溪山上的大禮分校，到現在大家還都暱稱他「校長」。「校長」其實並沒有做過任何一校的校長，只是教員罷了，當時趕上台北師範白色恐怖的風暴，雖然經烏來、福山古道奔宜蘭牛鬥橋，逃逸至花蓮海岸，幾個月後的警總依然發揮了警犬般敏銳的鼻息來到大禮分校，經過問訊之後便無法被信任擔任教員一職，「校長」無奈地說：「當你的同學是匪諜的時候，你也差不多是半個匪諜了。」

後來我們才知道族人對「校長」的稱呼，一方面是惋惜他無法擔任校長，另一方面是消遣他的悲慘人生。這類泰雅式的幽默經常令人啼笑皆非乃至欲哭無淚。「校長」在青年時代經過南洋戰役的洗禮以及族群性格的強悍，終於並未使他在日後的人生中輕易啓動淚腺，我們見到校長時他正忙於日本軍屬的賠償事件，這個曾經爲日本天皇效命的族群並未獲致「國民」對待的無情公案，日後也次第出現在我的田野採訪之中，他們像一團歷史的陰影，徘徊在心臟地帶，也像遺傳基因，複製在下一代的身上。

二、敘述者

Yadau．Bisau（漢譯：雅道．比邵）可能是我採訪中最年長的族老之一，現年八十歲，田野資料上的和田久男是 Yadau．Bisau 的後父，假如還在人世，想必是百歲以上的人瑞了。

距離採訪約定的時間還有一小時的短暫空暇中，我順勢啓動已經泛灰的 1.6 雪鐵龍，車子在飄蕩著細雨的東海岸部落遊走宛如一尾孤獨的魚，魚腹裡藏著一具更加孤獨的軀體，正是我。假如你站在山頂遠遠觀望，或許看見的是不甚明顯的灰白的影團，它停在一幢灰白色的建築物底下似乎在等待些什麼，門扉輕啓，終於你還是看不清門扉後那一張擁有灰白頭髮的老人的面孔，因爲你委實站得太遠了。

採訪中，族老八十歲的雙眼像極了盤旋在太魯閣天空的鷹眼，從老人肩後的陰影裡我似乎看見了童年的手，孩童走在太平洋岸細白的沙灘上，他剛從新城小學校離開他的日本同學，並且懷念在蕃童教育所那一段優游而愉快的學童生活。他的手因爲突然加重的課業而無力地垂下，像一對哀怨交纏的魚。「原來小學校、公學校、蕃童教育所使用的教本不一樣，我才轉到新城小學校，功課馬上一落千丈。」Yadau · Bisau 把雙眼調整成沮喪的十歲般的孩子，他們隨著敘述的歷程膨脹而且順勢長大，最後，一個夢想考上中學的十六歲的原住民青少年，我在 Yadau · Bisau 八十歲的歷史眼眶中見到他坐在花蓮港廳的試場上，並且聽見了巡視考場的理蕃課清水　正先生鄙夷的談話：如果是要與日本子弟一同考中學的話，蕃人是還早得很啦！

花蓮港廳理蕃課清水　正先生恐怕沒有料到「還早得很的蕃人」日後紛紛使用流利的國語（日語）考上各級學校，在我眼前的、頭髮斑白的報導人，當年即順利的考上了農林學校，並在「大東亞聖戰」中的後方負起了「勤行報國青年隊」的軍事訓練工作。在生命史的敘述中我看到烈陽在花東縱谷平原的卓溪鄉上空恣意地散發惱人的熱氣，平原上有一處砂石滿地的操場正站滿了花蓮港廳的原住民青年，他們手握著竹槍猛力地朝稻草布帛編成的假人刺襲，滾燙的汗水彼時趁機飛出黑黧的手臂，腦海湧起的彷彿是眞實而又虛擬的「眞正的軍人」的影像。二十歲擔任助手的報導人，倨傲的眼神目睹惡毒的太陽煎烤著族人的肌膚時，不免也流露出不合時宜的溫情的疼惜，「休息三分鐘」的口令悄然脫出時，矮胖精悍的部隊長也在三分鐘後狠狠的擊中了報導人長著淺淺鬍渣的英挺臉龐，八十歲的報導人回憶那三個準確而響亮的巴掌時，宛如就在眼前般痛呼著：上下牙床似乎就要裂開哩！

三、「銅門」與「榕樹」的氣息

仍然是沒有找到山本新一。

經過石材店門口，緊掩的鐵門狺狺兩隻黑犬衛兵一樣固守城池。

後來我們直奔「榕樹」這座泰雅部落。

「榕樹」在哪裡？原來在銅門外。銅門不產銅，卻是泰雅人製刀的重鎮。老人家說好刀在刀的本身不在刀外的刀鞘，你要泰雅的好刀就看刀柄下結了幾條髮髻，一條髮髻是祖靈賜與靈與力的一顆敵首。多年以後，站在榕樹望著隔水的銅門，我依然清晰的聽見製刀老人的話語好刀一般揮過我的耳際。

整整百年前的一八九七年，當日人深崛陸軍大尉一行十四人踏查台灣橫貫鐵路路線時，一定也感受到了泰雅好刀快意的聲音。最初深崛意氣風發地從埔里向內山挺進，在土魯閣社遙望東方的銅門社時，想必也只是憾恨以終，因爲我們後來證實了十四顆有力量的頭顱安置在土魯閣社的敵首架上，小米酒的汁液還潤溼了不再說話的齒牙。這是四個月以後的事了。深崛大尉終究無法抵達銅門，日後，銅門也不再是中部橫貫的出口而改向立霧溪畔的太魯閣。這個決定似乎在百年前冥冥已定，當然這是後話！

登上水泥路面的山腰，榕樹部落蹲坐在公路一旁，果然像一棵安靜的榕樹。一八九七年的一百年後我並非是來尋找深崛大尉的身影，也不是來親嘗祖靈的刀魂，我不過是尋找皇民化教育下的「先覺者」（當時日人對知識分子的稱呼），儘管先覺者已然老去。日後我初步的統計是我所要面對的先覺者年齡都在七十八歲以上。當我握著松本、坂元、山本、依揚　雅給海、泰龍威利……等日名與族名交錯的名單時，我再一次陷入思源埡口突然升起的巨霧那種駭人的迷惑之中。就像我來回於銅門——榕樹之間詢問著 Teilun · Ulai 的先覺者時，我最後所得到的卻是「沒有後代」的回答般令人錯愕一時，我後來只能在族人的記憶膠捲裡爬梳著某些片段的、發黃的乃至於是破碎的、湮滅的蛛絲馬跡，於是乎類似「好像」、「可能」、「也許」、「很久以前」的字眼便充斥在筆記本上形成一則一則不確定的圖像。有時我迷惑於這樣的圖像之中，但我確曾享受著迷宮般的採訪所遺留下來的遺音，這或許就是夾雜著快樂與憂傷的田野氣息。

四、白葡萄的後座力

白葡萄的後座力直到我將雪鐵龍停放在南澳北溪之後才徹底理解。

二月清晨的太魯閣山腳依舊秉承著寒冷的傳統，冷氣團從遙遠的中國大漠施施然越過東海，遇到台灣北部雪山山脈自然分成二路南下，東路襲過龜山島以降就是花東海岸了，當我推開二樓的窗玻璃，中國大漠的氣息早已蕩然無存，只剩下帶著鹽分的辛羶冷襲而過。早上七點，族老已自田間歸來，褲管沾黏的草籽是不用言說的證據。假設是三十年前的土泥路面，族老每日清晨的路徑怕已是野草橫流了。爲了不讓族人笑話野草長得比木瓜還健康，早晨我就到田裡拔草。族老如是說，我如是聽聞，並且如是暗自替自己的晏起汗顏了起來。

汗顏的情緒持續到出門採訪，所以我一直走在族老的後方一步，這一步很短，卻充滿敬畏。報導人是人物資料上的妻子，花白的頭髮說明年逾花甲，對於我們突如其來的到訪顯示出慌亂的節奏，特別是對於採訪一位已經過世的、曾經是心所執愛的丈夫的一生，想像往事如太平洋的潮水洶湧奔來，多堅硬的岩石也要被摧枯拉朽吧！這樣的猜臆使我升起不安的情緒。

在溼冷的空氣中，我們三人中間燃起的爐火正好抵禦著持續進逼的冷氣。報導人對我所要採訪他的男人的資料諸多不解，只意興闌珊地回答男人入高砂義勇隊前是部落的青年團團長，當時讀新城公小學，之後進入農林學校，之後參加高砂義勇隊並且安全返台，之後的十幾年前就已過世。問起有沒有男人照片時巨大的身影起身宛如鷹隼撲翅快速地領我到屋內，你看就在那裡。牆上的男人靜默，他被一方木質相框豢養在玻璃底下十年有餘了。報導人說男人對我很好，男人是部落的好青年，說時眼睛便淒迷起來了。我於是知道報導人對男人的印象不是政治的也不是社會的恩痛仇快，男人對他而言更可能是立基於對他好不好的柔情蜜意，儘管男人已過世十餘年，儘管自己已是老態龍鍾的八十三歲，儘管……太多的儘管仍抵不住柔情穿透時間的隧道抵達人世間。

我們退出的時候已是中午時分，陽光仍舊匿在陰翳的雲層之上。族老說喝點酒吧你就要到南澳了，白葡萄剛好可以溫暖你冷凍的心臟。採訪已四天，遺留的謎團宛如冷鋒般飄忽其上又捉摸不定。喝著透明凝香的酒液，酒精的揮發促進談話的速度。架在族老鼻樑的鏡架滑下幾寸，一瓶白葡萄已然淨空。辭別秀林鄉，辭別我的族人，雪鐵龍盡責地將我帶到蘇花公路上奔馳起來。當我徹底理解白葡萄的後座力之後，我已經停在南澳北溪的空地上，想像花蓮的採訪彷彿進入歷史的歧路上，我搖下車窗，讓車內的音樂流瀉而出，風吹過曠野裡一位三十六歲的臉龐，他終於靜靜地沈睡起來，當黑暗降臨，我們看到有人在荒野中與大地一同歇息，如此靜謐，如此詭異！

原載於一九九七年五月廿七日《中國時報》

南澳到瑪崙

南洋叢林的聲音

雪鐵龍輕輕劃過北市，今年的二二八與快樂的城市擁有相似的基調，幾日前快速而略帶強迫性的放假決定只帶來人事局小小的抵抗，我卻因爲這多出來的一天得以延長田野的時間。因此，當我經過城市的邊緣地帶，我看到歡樂的人們決定好好揮霍這段連續假期，有些人的嘴角比平日多了幾分上揚的角度，從車窗看過去的時候明確的知道那就是快樂的記號。我只知道這放假的喜樂是台灣人民用無辜的血液積累出來的，因而自城市一路抵南澳的路程便摻雜著幾分莫名的沉重。

來到南澳，黃昏已經席捲其上，我在百尺高的公路上看到黃昏的南澳燈火點點，很有街市的色彩，車進南澳街道，才知道它其實與我所認識的部落相差無幾，就是多了一點輝煌的燈火。我想起友人告訴我幾年前上海市為了讓外人感覺一座城市經濟發展的大氣象，竟通令家家戶戶掛上霓虹燈以為假象，有家工廠守衛人員也將小小的傳呼室打扮得金碧輝煌，使人錯以為置身喜宴，與之聯想起來不免還是覺得莞爾。我自然並非為一路的燈火奔赴南澳，我是為採證日據時期族人皇民化的深淺程度而來，因而找到報導人之後我便嫻熟地扳動錄音機以及筆記本，確確乎並未被南澳的燈火所迷惑。

上野正義就我們對歷史的理解而言並非是日本人，卻曾經真實的以為是日本人而遠赴南洋為天皇而戰，它真實的身分是泰雅族人，一九二〇年以後他被教育成虛擬的日本人，並且為這個虛擬的國家戰死。你應該知道諸如此類的事蹟頻繁的出現在我們族人的真實情境中，並且也為族人的近代史添加一層一層悲劇的肌理。當我在南澳採訪上野正義的堂弟時，我聽到那悲劇的肌膚發出撕裂的呼聲，它透過存活的堂弟口中從南洋叢林的某一點娓娓道來。

我的堂哥是一個非常聰明的人，教育所高等科畢業後南澳駐在所所長希望他能夠到日本讀書，因爲上野的父親反對而作罷，十九歲結婚，二十二歲到南洋，出征前將我交給妻子照顧，出征後一直到現在我再也沒見過聰明的堂哥了。報導人也許在努力地追憶久遠的往事，手上的煙不停地抽換著，一圈圈灰白的煙霧也慢慢地將舊事薰得迷茫起來，在光影中，彷彿有一些不爲人知的悸動掙扎在迷霧之中。那麼他的孩子呢？我問。沒有，我堂哥沒有孩子。堂哥有個心愛的女子，報導人搖了幾下左手，煙陣因而遠離，舒緩的節奏變得破碎。結婚後他幾乎很少跟妻子在一起，出征前將我交給嫂嫂照顧完全是要讓妻子放心而已，因爲覺得對不起妻子也對不起心愛的人。我嫂嫂一直到過世我們才發現枕頭還藏著堂哥的照片，那個心愛的女子也終身未嫁。聽著報導人顯得有些混亂的言詞，我以爲是換了人在說話，但說話的終究是上野的堂弟，報導人離開我的視線結束採訪時，我仍然爲他對南洋一役的結論而心亂不已。

你知道嗎？這個戰爭至少讓兩個女人同時失去心愛的男人！

墓園上的薄霧

清晨微雨，微雨的南澳山巒有薄霧浮動其間，微雨以及薄霧因此便動盪在林家的墓園上。墓園躺在山邊的小緩丘，視野宛如一面透明的落地窗，翠綠的山巒有浮雲徘徊其上，看到浮雲不禁聯想到漂泊的遊子，誰是那心靈飄忽的遊子？微雨中沒有人回答這突如其來的疑問，只有一些細微的聲音自雨簾穿過，窸窸窣窣的腳步與手指取物的音節，那是林家的子弟撿拾墓園四周飄落的廢枝殘葉所生。

清晨在閣樓間起床，窗玻璃早已畫著天空的淚跡多時，一句渾厚的聲音傳了上來——起床囉！早上要到墓園。我知道那是報導人的聲音，他有一張臉盆大的圓臉，額頭上光滑的地盤連蒼蠅都站不住，我都故意稱那是滑雪場，報導人不以爲意，他的脾氣好得出奇，很有父親的遺風，連擔任警察一職也是父親的翻版。報導人擔任警察三年就獲全國模範警察，這好脾氣的警察卻擁有最嫉惡如仇的個性，我說這是不是父親的遺傳，報導人手掌撫過滑雪場笑而不答，卻記起自己的父親在日據時期的一件往事。有一次在南澳警察廳開會，在座只有我父親一人是泰雅族，有個日本警察大概是仗著人多，一直數落南澳地區的泰雅警察好吃懶做兼愛喝酒，我父親站了起來，他只有一百六十公分，態度安詳的走到那位日警旁邊，仰頭瞪著身高一百八十的日警，說了一句你跟前站的就是一位泰雅族的警察，你侮辱的言詞在十年前是要被出草的。說完，右手漂亮的上勾拳打在日警的左頰上，當時主持會議的廳長說打得好，泰雅族是不能被侮辱的民族。

微雨仍舊持續落下來，降落在南澳的山巒，也降落在緩坡上林家的墓園。墓園在一九九六年蓋起來，仔細的瞧，你也許會懷疑一座泰雅族的墓園怎麼會有「金浦」的堂號，沒錯，報導人說我祖父其實是漢人，日本人來到宜蘭地區時我祖父因爲反抗就要被處死，你現在可以模擬一九〇〇年的羅東，透過腦丘的活動，田疇平野是我們想像的極限了，當時或許也是在一個微雨的天候，因爲這種天候適合極了執行死刑，季節假定是秋天那就是名副其實的秋決了，因此你看到有幾個人被五花大綁在羅東一處大水溝旁，日警露出行刑前歡樂的笑意，整個螢幕現在看上去似乎是濕淋淋的，根據報導人的說詞，刺刀插入我們故事的主人翁時他巧妙的斜身那麼一吋，祖父被丟入大水溝時是裝死的，天黑後他忍痛逃到寒溪，報導人將情節鋪敘到這裡時，類似於電影武俠片的基調簡直就呼之欲出。之後呢？你一定也想問這個問題，報導人接著說我的祖父吳阿來就化名林牛以逃避日人耳目，後來娶泰雅族的妻子，不但如此，我們所知道的林牛也仿效族人刺上黥面，所以你如果願意將時間倒退八十年以上，你很可能在寒溪的群山莽林之間發現了鯨面漢人林牛與泰雅族人一同馳騁在獵場的奇異畫面，隨著時間的推移，很多時候我們刻意甚至於日後不自覺的將林牛視爲我們的族人，以至於日後林牛終於成爲我們的族人了。但是有一天，形貌、脾氣、動作與氣質都已經是泰雅化的林牛終究躲不過日警獵犬般的鼻子，一九一一年在碧候村的水源頭，一顆憤怒的子彈鑽進了林牛的身上，他發出的疑問與精確命中軀體的子彈顯然隱含著某種邏輯的關係，但這顆子彈的確辨別了泰雅人與漢人的相異之處，並且快意的結束了林牛傳奇的一生。

林牛的傳奇其實並沒有結束，歸化爲泰雅人的林牛將他的傳奇巧妙的留給了尚在襁褓中的孤子，正如在羅東那刺斜一吋的刺刀，林家的氣息就伴隨著傳奇再度出現在兒子原勇　八的身上。原勇　八是報導人父親的日名，換了國民政府之後原勇　八再度擁有一個已經陌生的漢名了，這種迷離詭異的命運你應該不會陌生，它一如台灣原住民族的歷史情境，當我站在微雨的林家墓園時，迷離、詭異與冷寂的氣息再度襲上我的田野之旅，一如遠山動盪不安的薄霧。

瑪崙的黑色喜劇

南澳的雨勢尾隨白色的雪鐵龍，它們經過蘇花公路北上，一路跌盪來到蘭陽溪邊的瑪崙，我來到瑪崙的時候，山坡降下的已經是三月初濕冷的霧雨了。我懷疑這霧雨其實是延續著二月初春我初初抵臨南山那片廣袤的霧雨，我記得白茫茫的氣息橫亙著南山到瑪崙之間的山勢，我甚至聞得出霧裡的歷史氣味是如此一致，迷惑與詭譎兼具。當報導人手指南山方向的說辭，初步證實了我對瑪崙的感覺，我們部落是從 Mdwan 來的，Mdwaan 就在南山下面的台地上。現在那一片台地已經成爲高冷蔬菜區，價錢假如不好，成堆的高麗菜就成爲菜塚，經過菜塚，迎面襲來一顆顆翠綠的高麗菜要你帶回家吃吃也不無可能，二月初我的雪鐵龍後車廂就裝滿了壯碩的白蘿蔔，我一路借花獻佛發到台北都城回討了吉祥吉利多多，多到用不完算是一項田野證據，當然，這只是我田野的溫馨小插曲。

瑪崙坐落蘭陽溪右岸山坡與英士村遙遙相對，這蘭陽溪是近代從濁水溪改名應是人盡皆知的小常識，太平山林場直抵羅東原是日據時期伐木運送林道也應該是歷史的小常識，瑪崙部落下力的火車站讓新建的公路掩住腹身，只探出頭頂般的屋蓋算是一齣遺跡的露頭。近人林清池在《太平山開發史》書中說明「……爲體念他們（泰雅族人）生活清苦，森林火車票價一律折半優待。同時考慮其方便、特准許他們在土場、太平山購買部購買物品……」想必這已是開發後期的事了。瑪崙的報導人手指南山的同時，也說明了當地族人的不馴。以前日本人剛進來的時候，派日本醫生過來，結果南山的族人把他殺掉，日本人很生氣，派軍隊大砲來打，大砲聲轟隆隆的在山裡響，幾年後問南山人你們幹嘛殺掉醫生，南山人無辜的說誰知道那個人是可以治病的傢伙，他又不講泰雅話！當然，這個時候順著報導人手指的地方皆為白霧所掩，那遭受無妄之災的日人你自然是看不見的，仔細聆聽時，襲人兩耳的已經不再是嗜血的砲彈聲而是寒涼的山嵐，你這時或許可以好整以暇順著虛擬的情境想像著山谷裡的戰事。

事實上，一九九七年的濁水溪谷已經不升戰事的煙硝了，森林火車也暫止行駛山谷，但是讓我們想像一九二一年土場到天送埤的鐵道剛架設完成時，族人視從未謀面而擅自在山谷領域發出怒吼的蜈蚣般的火車想來好感不多，報導人的結論是：以前我們泰雅人實在很笨。說完，報導人自己輕笑了起來，你知道嗎？以前太平山的火車通的時候坐一趟到三星只要五分錢，我們泰雅人就是不坐寧願走路，走到三星已經晚上了，買完東西睡個覺第二天凌晨就開始走，太平山發的火車是清晨六點鐘，有一次族人在牛鬥的山洞與迎面而來的火車相遇，有個人買了一支水缸背著進山洞，火車嗚嗚嗚的聲音傳來，躲也躲不掉，只好背對著火車，火車一過水缸也破了，我們後來稱那個人叫「買破缸的人」，報導人強調說他就在我們部落。旁邊的友伴再也忍不住地對我說，他就是「買破缸的人」！說完，整個笑聲彷彿從牛鬥的山洞習習傳來。

日後我每過宜蘭支線經牛鬥橋時，總不忘對那已然廢棄的火車山洞深情的注目，我彷彿看到隱在洞內不知所措的族人，洞裡似乎就蘊藏著族人對新文明愛恨交纏的情愫，我於是知悉瑪崙的歷史氣息除了迷惑與詭譎以外還多了一層黑色的喜劇，它源自於廢墟的山洞，源自於族人驚慌的眼神。

原載於一九九七年七月廿八日至廿九日《自由時報》

大南澳風

追憶逝水年華

蘇澳過去就是東澳，東澳有個台灣最美麗的海灣；東澳以南就是南澳，再下南澳呢？南澳下去就是我們熟悉的太魯閣。這條蘇花公路依山傍水、氣勢磅礡，但是日據以前它可是荒野榛莽，清末一八七五年始積極推行的「開山撫番」三路中的北路正是指此。北路的撫番也許是劉銘傳最沉重的痛呢？我們後來在史料上看到「生番十百成群，不時出沒，伏途狙擊，乘雨襲碉」的鉛字不斷出現在對北路族人的描述或可稍知貴為台灣巡撫劉銘傳的憂心，光緒二年（一八七六）討太魯閣番、光緒十五年（一八八九）討大南澳番等清營兩次的討伐之役，憤怒與焦躁的情緒已經是躍然紙上了。這當然已是前塵往事，我們的記憶隨著北路的荒廢而淹沒了似乎也是不得不然的歷史失憶。當我驅動著雪鐵龍進入蘇澳鎮，跨過橋面入山，眼前蘇花公路百年之前的荒野榛莽已經讓平坦的柏油路取代，刀槍棍箭的腥風年代彼時也讓迎面的冷雨澆熄兩個世代的歲月了。

雨勢因此一路盪漾到了南澳。

南澳二月的空氣是濕冷的，我手中握著日據時期大南澳地區的採訪名單因而也微微地濕冷著，它們彷彿具備著相同的溫度。來到公所後方宿舍，報導人卻是溫暖的舊識，舊識的報導人其實已經六十歲，剛從鄉公所退休下來。我問了一些人名，報導人很快地就在腦海放映記憶的膠卷，我的筆記本因此有了確定的方向。那時我還在三星農林學校就讀，報導人捻指算出自己還是十四歲的青澀少年，想像著學校操場上空的陰雲密布與台北的政治空氣的色澤與氣味仍舊是一致的，我記得民國三十九年三月才剛開始，我們部落所有在台北讀書的孩子都逃回來，那時侯，交通都斷了，只好穿越福巴越嶺道，走了兩天兩夜的路才從台北的城市回到南澳的家，每一個孩子驚慌得說不出話來。

我注視著報導人，他的眼睛有些迷茫起來，抽菸的那隻手微微顫動著，彷彿被四十年前的氣息牽動。這些孩子現在也都是六十幾歲以上的老人了囉！十幾個人後來回去讀書的只剩兩位，我們稱他們是 Modux La-i（勇敢的孩子）。我也曾經是勇敢的孩子，報導人偏著頭望著小雨輕擊的窗牖，回身之際，皤白而稀疏的朽髮因此有了飛揚的氣色，像欲振的翅膀。那時候日據末期，阿美利加（美軍）駐紮在沖繩的轟炸機清晨四點隆隆隆自太平洋海面飛來，像吃早點一樣每天定時在南方澳丟下黑色的炸彈，火柴盒般的民房突然著火一樣，我們泰雅的小孩子就乘機跑到被炸毀的民房尋找食物，那時候我們的鼻子是不會輸給獵狗啦！

日後這些「鼻子不會輸給獵狗」的族人在他們的青年時期裡，似乎也嗅到了從台北快速擴散的政治氣息而遠遠的閃躲著吧！當北部的族人一一被帶到景美看守所，南澳的族人安靜一如刺蝟。

眺望東澳

日人所稱的大南澳其實遠涉山區部落，北頂寒溪杜南底大濁水社（今日我們所稱的澳花村）。這幾年我經常穿越、經過、停留在這些族人所居的部落，經常風一樣飄盪而過，經常水一般流瀉而過，一如族人眼中厭惡的觀光客。我熟悉那種鄙夷的眼神，他們像一支支毫髮似的小番刀緩慢而又準確地逼近，近到跟前咫尺便消失無影無蹤，通常我們疏於察覺小番刀般的眼神，因爲眼神激射的刀勢今日並無能劃開肌膚就錯以爲族人將永遠是熱情而快活的。我知道其實並非如此。所以我總是安安靜靜地將自己定位成觀察者，但即便是觀察者也確定是不斷地侵擾著族人的日常作息吧！

我在田野中所感受到的矛盾的情緒，使我經常處於莫名的焦慮之中，但它們似乎又給予我奮勇的動力，縱然知道紀錄並不能扭轉族人的社會情境，紀錄並不能改變族人的社會地位，但我知道記錄歷史將讓我們有了存在的意義。正如當我通過東澳，在山路上眺望著美麗的海口與部落時，山風習習掩過的茅草，Kihala（日名，日據時期東澳杜頭目）一定也曾經如此憂心地眺望著部落吧！我似乎從茅草的晃動間找到了歷史幽暗之門，光影晃動的一九二〇年代彷彿看見了 Kihala 穿著正式的大禮服（Bala）扭開門把，於是我們就看到他領著妻子在山路上前往當時還是山野的員山鄉動人的身影，那時候東澳到員山的通路至少要翻越過兩座山，因此揮汗趕路的情形我們是可以在歷史的幽光中想像的。

一直到今天，我們仍舊無法從史料上判斷日人邀請 Kihala 與他的族人到員山定居是存著什麼心意，但是 Kihala 來到員山日人備妥的移居地時，確實對他的妻子發出了忡忡的憂心，水田都做好了，卻只蓋頭目的房子，恐怕日本人是要趁我不在的時候屠殺族人吧！他的妻子也明顯地感染了丈夫的憂心，所以入夜後我們並沒有看見兩人躺臥在竹編的床榻上竊竊私語，黑暗中我隱隱察覺他們憂慮部族的命運。不在床榻上的兩人，他們到哪裡去了？他們會到哪裡去呢？同時發出疑問的還有招待他們前來的理番課，當理番課召集了周圍番社青年團團員四處協尋以免發生不必要的族群暴亂時，透過口述的幽徑，我們終於在茅草四起的山頂看見 Kihala 與他的妻子不知在眺望什麼？他們的聲音微弱而堅定地從草叢中發出來，那時候他們已經度過寒冷的黑夜抵臨微曦的清晨，因此畫面上兩人的臉龐似乎是極力咬緊著牙關用以阻止抖動的肌肉吧！

你看，煮飯的煙都升起來了！說話的是 Kihala。

他的妻子則婉言的說聽到了婦女 Dminu（織布）的鼕鼕聲。

東澳部落一如往常地作息。但第一天清晨的恬美景象並不能袪除 Kihala 的疑慮，而山下協尋的族人依舊沒能料到頭目正在山頂觀察。一直到第七天，我們才看到 Kilaha 夫妻的身影蹣跚地走了下來，蘇澳郡理番課課長驚恐地用日語問著：這幾日是到哪裡去了呢？Kihala 如實地將他對日人的疑慮說出來，如實地說出山頂七日飲山泉吃山果度日云云。所以日後有人言之鑿鑿的說頭目從山上走下來的第一句話竟然是：有沒有地瓜或小米飯，我們餓得連擁抱在一起的力量都沒有了！

這一句在今日看來都顯得唐突而荒謬的話語，多少也印證了日人理番的緊張與衝突，但確實就是如此。東澳部落後來並沒有移居到員山是我們已經知道的事實了。所以當你經蘇澳沿著蘇花公路前進約莫二十分鐘，你應該就可以看見美麗的海灣以及動盪過後的東澳部落，假如想要感受某些歷史的悸動，你或許可以站在茅草的背後，一邊眺望著前方一邊閱讀我的文本，如果，你需要歷史的悸動！

南澳南溪的鐘聲

午後的南澳南溪與公路並轡前進，在武塔村口我們看到了新建的一幢豪華旅遊休憩站——葉家香，三年前，那裡還只是一片貧瘠的河川地。「葉家香」再過去一點，我們就看到一列長橋與南澳南溪交握而過，我在橋中央放眼兩岸蘆葦蔓生的溪流，潺潺的流水疲倦地往下流動，河水在平坦的沙地上瘦弱的滑向太平洋，就像一尾無害的水蛇，在群山的腳下展示牠鮮麗的姿影。面對細小的河面，我開始懷疑這裡就是一九二四年捲走 Liuxen 杜（流亨杜）族人 Sajun（沙鴦）的溪水。翻閱著《理番之友》的記錄：「番山羊腸小徑，途中到處可見山崩，路旁的樹被連根拔起，河水高漲，連小橋樑都被沖走了，其慘狀實不忍目睹。」日期是九月二十八日的夏天，正是颱風的季節。當我佇立在一九九七年二月末的水泥橋面，頓時感到時序與季節顯得不合時宜，也許我應該選擇夏天的颱風抵達武塔，讓大南澳風捲動南澳南溪，讓大南澳風吹亂我的長髮！

進入武塔部落，左側是綠意盎然的武塔國小，校園維持著日據時期一樓平房的建築物以及典雅的空間配置，令人懷想這也許就是遷移之後日人所設置的番童教育所吧！武塔部落其實就是南湖大山千餘公尺的 Liuxen 社所移居的一部分，一九三〇年代，Liuxen 社已經是日人筆下「……開明皇民化，均用國語（日語）交談，穿著青年團裝，和著喇叭或風琴，熱血澎湃，高唱分列進行曲或愛國進行曲」的現代化部落了，因此我在大南澳地區的採訪中不斷傳來流利的日語多少造成我語言上的障礙，但是當我站在橫跨部落的街道時，西式水泥洋房的建築已經與我的日據想像南轅北轍了，更糟糕的是，已經沒有人記得當時的女青年團團長松本光子，也許她移居到其他部落，或者是嫁到其他部落，所以沒有人記得曾經有這麼一個人。松本光子到哪裡去了呢？我的疑問隨著採訪的無緒而漸漸加深！那麼曾經在台北市公會堂上獻唱〈追思沙鴦少女〉一曲的松村美代子呢？她的歌聲當時撼動了蒞臨會場的長谷川總督決定追贈Sajun的善行，也觸動了日人將Sajun雕鏤成日後大東亞聖戰下的愛國樣板。一九二七年四月，我們看到了上刻「愛國少女沙鴦之鐘，昭和十六年四月台灣總督長谷川清」字樣的「沙鴦之鐘」從台北總督府移到武塔部落，部落上空飄揚的彩帶粉飾了戰爭前夕的野蠻，我聽到沈重的鐘聲穿越歷史的甬道，悠遠之中隱藏著不爲人知的哀怨，脆響之間不免還是遺留著十七歲之齡沈默在溪底的低泣吧！

部落尾端的河堤道路旁，「沙鴦之鐘」與它的主人以驚人的相同命運在幾年前的水患再度被沖入南澳南溪，如今只留下石碑被草率的嵌入土石之中，「沙鴦之鐘」不再發出命運的鐘聲，我要尋找的報導人似乎也與Sajun的命運一致，他們都消失在歷史的風中，像河堤上流動的大南澳風，如此具體的拍打我的衣角，又如此迷離，從我指縫間飄忽而過。

原載於一九九七年五月卅日《聯合報》

櫻花屈尺

一、消失的 Marai · Paka

三月春，越新店接北宜公路，車馬雜遝如後現代，已呈灰白色澤的雪鐵龍車身，似彎弓輒入右側新屋道路，兩側頓時化入春日景緻，近山白色梧桐花炸亮山巒，大桶山、向天湖山分廁左右，低矮灌木叢時有峨巍建築物傾壓而下。我搖下近日略顯故障的車窗，讓殘存的山之靈氣直灌車廂。待雪鐵龍駛入下坡彎道，迎面襲來的竟是歷史的風雲，公車站牌印上「屈尺」站，有些模糊的光影正從屈尺二字照映過來，但我還是喜歡族人直稱此地爲 Marai · Paka（馬瀨 · 巴卡，泰雅歷史上著名頭目，以勇敢、機警稱著），Marai 的名字在兩百多年前，足以讓漢人墾戶的腳步停佇在景美、新店一帶，經過日據時期與國民政府在歷史課本上的消音，烏來地區僅七十歲以上族老仍傳頌著 Marai 的名字。幾次抵烏來地區採訪，我只聽到放學後的小學生用標準的國語愉快地對同伴說：烏來過去是屈尺，再來是景美，最後是台北，台北最好玩了！

我卻正好背向都城而行。車抵忠治，你很快地就可以看到紅色建築物的派出所，往上是部落最高的尖塔型建築——長老教會，教會的左側有一棟低矮的木屋，四年前我在木屋前庭，聽著族老述說一個聰明的孩子如何被羅織成爲匪諜的往事，孩子出獄後已屆中年，考取旅行社職員奔日本，在日本仍舊受到跟監，最後遠走中國大陸教授日語成爲眞正的「匪諜」，歿於福建並安葬北京忠烈祠視爲「祖國英雄」。那日黃昏掩面而過，我記憶的膠捲只記得族老蒼勁樹皮般臉龐忽而剝落了下來，「我的願望是把孩子的骨灰帶回來，帶給 Lutux ① 檢查他的手掌心②，我相信他有紅色的手心。」遲暮的年齡似乎不僅剝落了族老的臉龐，黑夜也快速地將老人的背影呑沒，直到影子遁入屋內。族老的小兒子說夠了，今天我爸爸講的過多了，從日據時代講到一九九三年的心願。

經過忠治，我其實都有上去探望族老的衝動，繼而想之已經在烏來約了其他人也就作罷，反正還有回程。經過派出所，想到四十年前的主管就是羅織族老兒子成爲匪諜並領取巨額獎金，我催緊油門，彷彿嫌惡地避開惡疾，直到紅色的建築物在我心中成爲黑白色澤的歷史影像。

越桶壁，櫻花樹始夾道相迎。

二、有禮貌的先生

幾經探尋，我們終於在一排水泥房左側找到日據時期出生的 Tanax・Teimu。我最早是在『理蕃之友』這本日文雜誌上找到族老的談話與文章，族老在擔任 Laxau（拉號）社青年團團長時曾發表著激越的談話：「老師（也正是當時拉號社駐在所日本警察）要我們自覺，恨不得我們高砂族早一日甚或早一小時能成爲眞正日本人，不要我們長大做傀儡青年，而要有自立自主辦事能力爲善意的期待……」云云，族老到內地（日本）參觀農家進步的農業技術時，也反省的記錄著「我們那種粗糙的農業法眞害羞。我只種稻麥、養豬而滿足，但是今後必須採多角形農業及合理利用學問才好。特別是肥料等必須自給自足才好。我想我們要早一天將這些做法在我們的蕃社實行。」當我想像著六十年前時值二十的青年 Tanax 時，我似乎觸摸到了那個時代急切著皇民化、熱心求知、篤信現代化將引領族人進步的一顆顆心靈，它們散佈在六十年前全島山間海湄的知識青年身上，而皇民化的類國族主義，也宿命般次第將他們帶領到一座座南洋叢林，只爲了成爲眞正的天皇子民。門一開啓，一位近七十歲的老婦將我拉進現實世界，說是病了，腰桿一直不很舒適。

略顯昏暗的室內，老婦人有些吃驚我們詢問她先生的事蹟，「幾年前過世了啊！」似乎是不願多談，隨行的烏來朋友 A-lo 撿著有趣的話題激發婦人的嘴巴張開，「我記得他很威嚴的，像日本軍人，」A-lo 努力的將回憶拉到童年，「Mama ③ Tanax 大聲的說：安靜，不要講話，我現在要閹豬……」婦人的眼中閃過一絲光芒，老婦人說：「你不知道，他很溫柔的。」原來族老參加過兩次高砂義勇隊，比起大多數人來說，幸運的是能夠安然返台，只是腳受了點傷，國民政府時期擔任信賢衛生室保健員，最常做的工作是閹豬閹牛。老婦人突然年輕似地跑向屋內取出一疊相簿，「你看，在南洋的照片。以前他是角力第一名，如果不是腳受傷……」，老婦人將枯瘦的手指撫摸年輕的Tanax，宛如眞實地觸及受傷的腿部。「這張就在信賢，孩子都赤著腳，回到家，都會輕聲的說辛苦你了，眞是有禮貌的先生。」老婦人其實對先生在日據時期的行誼所知不多，但男人藏在相簿之內豢養著，每一次開啓，有一個聲音會悄悄地躍上婦人的心頭——辛苦你了！我於是知道老婦人對男人不是知識分子的、也不是政治社會的圖像，而是藏在我心的短短一句話，話語穿透時間與空間，也許從四十年或二十年前的信賢、南洋或者日本，它們乘著思念的翅膀降臨在婦人的髮梢上。

退出屋室之後，我們不忍再驚擾抱著相簿的老婦人。爲何現實總是甜蜜與殘酷並置？我問自己，當然沒有任何答案回應著。

三、櫻花祭

像是一抹一抹朱紅粉黛畫在山區四周，有些洶湧地擠迫著道路兩旁，是烏來三月的櫻花正恣意的展現動人的心魄。我就近玩賞，知道道路兩側並非山櫻花而是日本櫻花，仰頭，橋面搭起牌樓喚曰：櫻花祭。

入夜，在友人山腰宅住宿，山下是輝煌燈火的烏來街市夜景，眼前是突圍烤肉架的熊熊炭火，「你看，愈辦愈熱鬧，像假日晚上的烤肉一樣。」友人手指點向燈火，朋友的妻子是鄉代表，也是櫻花祭主辦人之一。「愈來愈旺！還好有這個社區總體營造，我們原住民文化開始受到重視。」我笑著說：「應該是可以賣錢了吧！」朋友詭異地笑了。

街道上燈火的輝煌其實是漢人各式現代燈籠，用以表彰「泰雅文化」的竹筒飯、醃魚、野菜、織布等將在明日端上觀光客的面前，當然，歌舞表演自不可免俗。我想起去年櫻花祭的「盛況」，心中不免憂慮起來。「櫻花祭是爲誰而辦？」我小心的詢問友人。友人的回答也在意料之中。「當然是觀光客，拉近城鄉交流，表現我們的泰雅文化啊！」我唯唯諾諾。烏來觀光歷史久矣，日人採完滿山樟樹，見及「國粹」溫泉與飛瀑即規劃爲台北城郊攬勝之所，民國四十年忠治入山檢查哨撤除，瞬即被列爲觀光風景區，六、七〇年代更以日本觀光客爲大宗，許多商店到現在都還賣著刻有日人姓氏的大理石門牌可見端倪。然而擁有資本的財閥才是贏家，烏來族人或瑟縮在窄小的店面販賣山產，或被推擠到對面山腰依山勢而建屋，顯然商業的競爭雖不如百年前煙硝漫天的槍砲聲動人心肺，爭地搶食威脅利誘的暗盤操作卻殘酷於兩軍對壘。我說「部落經濟不能只是依賴粗糙而未經整體規劃的商業文化觀光」，並舉出一個北美洲部落優質文化觀光的例子，說明至少要做到地點、人數、項目、管理的控制。友人似仍在期待著明日的觀光人潮所能帶來的收益，轉過頭忽然間問，「你假日就出來採訪，爲了什麼？」爲了什麼，我只是隱約感覺時光之手將我緩緩推向五十年前或百年前的部落，也許只是聞聞祖先的氣息，也許只是調息自己不肯安分的心跳，也許就只是一記神秘的招喚。「只是紀錄吧！」我說。

我是那兒沒有歷史，那兒就是我家的人。我默念著星空中神秘的句子，就著，恍惚的醉意沉沉入睡，感覺又夢到墨西哥「查巴達民族解放軍」的原住民族人，銀鈴般的聲響輕扣夢的邊緣，聲音似遠還近：用我們的鮮血擦亮鏡子後，墨西哥人可帶著尊嚴來在鏡前審看自己。

上午九時出發前往 Limogan（福山村），參加櫻花祭的觀光客已經湧塞到雲仙纜車處，延宕約半小時通過檢查哨，直奔內山，遠颺充斥日本櫻花的櫻花祭。

四、龐大而安靜的嘆息

經 Laxau 抵 Limogan，北插天山與拉拉山雄踞眼前，宛如黑熊。Limogan 的老友 Komei 瘸著腿驚訝我的出現，「現在又不是打飛鼠的日子，」Komei 是山村小學的工友，因爲他採錄老人留下的神話傳說我因而識得他，也擔任母語教師多年，所以說人不可貌相，野草很容易就開出奔放的花朵。我說明要找井上一郎、野閭美佐江與志良三郎或者其家屬，除了野間一家已搬至日本，另二人不見蹤影。至少他腦袋裡的底片沒有這兩人的印記。我輕輕的在記事本將兩人的名字打上問號，知道這又是一次漫長的搜尋。

午後忽有雷陣雨，像一場不經意的預言，雨後將烏來街道順勢清洗，則又如象徵。到山腰，友人站在庭院外與山巒對望，皺起的黑眉也像兩座小山。我問「櫻花祭怎麼樣？」山下的車道，陸續有堵在後頭的轎車像黃昏的魚滑入城市的泥沼中，再過抽完兩支三五煙的時間，山村又將回歸沉靜，獨留不合時宜的燈籠，在黑夜裡施放詭譎的光芒。「沒什麼，人太多，偷吃的、偷搶的，比賣的還多，」友人負手站立，寂天寞地的氣息便慢慢的佔領鼻尖的吐吶，「一團亂，就是這麼回事。」我望著國小教師、部落裡知識分子的朋友，感慨的說：「知識遠比我們想像的要狡猾，雖然我們以爲我們掌握了知識。」「我也以爲我可以掌握文化觀光，但是，我們其實是跟著人家跳舞，跟著人家吆喝。」友人不知對誰說著話。我想起 Tanax・Teimu 在『理蕃之友』發表的現代化將帶給族人的遠景，想起五〇年代遭遇白色恐怖的忠治部落青年如何企望著改善族人知識，以及我的朋友的努力，在黝黯的夜空下，歷史的幽靈正穿越三代，心靈如此純粹如此靜謐，行動如此堅毅如此無悔，過程又經常是如此無助如此悲憤。**Frants・Fanon**（弗朗茲・法農）對遭受殖民主義統治的民族及其文化的分析提出扼要的結論：這些民族的首要之務是要去除心靈上的殖民狀態，而不只是爭取表面的獨立形式。書上如斯回應，我如斯復誦給我的朋友聽。朋友若有所思，直到我的雪鐵龍消失在他視線的山徑，直到我的照後鏡將友人凝縮成一枚嘆息。

來到忠治，我的腳步有如誓約與承諾快速的登上族老木屋，屋內小燈如螢，一小兒捧碗就食，卻不見大人。

我問 Yutas[4]在家嗎？

哪一個 Yutas！有好多個 Yutas。

是那個很會講故事的 Yutas。

小孩將筷子指向牆壁，毫無怨尤的說：「Yutas 現在睡在玻璃裡面了，好像一年多了。」

我抬頭望著牆壁上的相框，族老一如往常笑臉迎人，相框裡發出幽遠的族語，我又看到時光之手推著我的肩膀：去，快去，到那些失去歷史的部落！

發動引擎，我知道我的嘆息如蚊蠅，我也知道，腳步再慢，許多部落將發出海洋一般的嘆息，龐大而安靜。

原載於二〇〇〇年四月廿九日《自由時報》

【註釋】

① Lutux，泰雅族稱「祖靈」之意。

② 族人相信人死後要通過彩虹橋，祖靈的衛士螃蟹將檢查手掌心，掌心泛紅代表遵守祖先行誼，反之，掌心呈現地獄般的黑色。

③ Mama，泛指叔伯長輩。

④ Yutas，泛指祖父輩。

人啊！人

一、時光之手

大溪鎮以東，過了關門，就是文獻上所稱的「大嵙崁前山群」的族人，經過樹林蓊鬱的北橫公路路口，還是習慣族人 msbtunux 的稱呼。去年以來，整理日據理蕃資料，初次看見了夾藏在泛黃頁冊中的沉默的族人，他們有的擔任醫療所工作，有些是警察、農業指導員、教師，爲數最多的是前往南洋參加爲天皇而戰的戰役，由於他們見諸史料的文字引起我的興趣，理蕃資料稱這一群人爲「先覺者」，今年初，我開始訪查「先覺者」或是他們的後人，復興鄉已是我第五個田野調查的區域。

時值周末，前往拉拉山或者後山巴陵的旅車絡繹不絕，在煙塵漫散的北橫道，彷佛可以推想百年前載滿樟木的手推車，山間此起彼落的吆喝聲有如競賽。到了日據時代，手推車換鋪輕便鐵道，它一直延伸到我們熟悉的角板山台地，這時，汗流浹背、手臥煞車木條的客族墾戶已經換乘瀏覽山光水色的日本警察，以及他們雍容華貴的妻子了。來到台地入口，七、八十年前老照片上的鐵道於今已不復在，它們停留在族老的腦海中沉沉入睡，通常需要某些喚醒的步驟，鐵道或者日式建築物或者紀念碑、人名……突然出現在時光的螢幕上，我私下以爲這正是田野的許多魅力之一。追尋著這個魅惑的力量，我彷彿被隱秘的時光之手推進每一位報導人的面前。

二、鳥雀神話

車過霞雲，新建的紅色羅浮橋宛如北橫地標橫跨兩山腰間，低側一列老舊的羅浮橋已被漆成怪異的藍紫色，假日時節，測試膽量的高空彈跳如期舉行，遊人通常趴在新橋邊觀看免費的表演。經過新橋，我看到舊橋有人試著躍下，遠遠的看去分不出是否害怕，有人在新橋幸災樂禍的鼓動，我覺得這遊戲無聊至極，匆忙告別新橋。

來到羅馬公路，兩側的綠竹一如幾年前所見正迎風招展著，車過美腿山，我終究還是有些猶豫起來。

幾年前登訪族老時夜幕已然下垂，知道是爲了「白色恐怖」的採訪眼下先是一驚，之後便沉默起來，像一具死滅的雕像。族老的友人在旁頻頻勸酒，側過頭對我安撫，喝完一瓶他就會說，不要擔心。酒過不只三巡，酒瓶凌亂的棄擲桌底，族老仍舊堅守著緊抿剛烈的嘴角，友人生氣的站了起來，你現在不說要等死了才說嗎？友人指著自己的軀體變型的壞死骨盆，你看啊！你看，誰讓這個骨盆壞掉的。我知道那壞死的骨盆是坐監時拷打加上監牢常年滴水所致。族老最後低聲的說：我孩子要考高中，我不要讓他知道他有個匪諜的爸爸。

窗外的星月安靜下來，整個山村沉浸在哀思般的寧靜氛圍。日後，這寧靜的山村影像便成爲我對族老的記憶母帶。

追尋著記憶的母帶來到山村，我告訴自己，只要採訪族老的哥哥這位「先覺者」的事誼就好。

見到我意外的來訪，族老大異以往的熱誠招呼。族老說我還記得你，孩子。我回答Mama（族語，長輩的尊稱），我也一直想念你。訪談從一九五二年九月的一個早晨開始，大嵙崁溪從後山奔流而下，從枕頭山往東面望去，你可以看到四個人影在微曦的光影中前進，族老與他的哥哥分列前後，中間夾兩位十三到十五歲的姪女亦步亦趨加快他們的小腳步，兩位姪女將被送到台北女師就讀，族老分發到桃園平地任教趕著報到，我們都看到了四個人的嘴角洋溢著新生而充滿希望的笑意。他們一行越過角板山沿著舊步道直取大溪，到了大溪就有班車抵桃園，在桃園你們可以依照心意坐客運車或是火車，父親對著兩位陽光般的女兒說。可惜，這一天族老的哥哥突然不見了，以後也不再有機會看著女兒進學，事實上，兩位女兒也無緣進入北女師的校園內。族老在模糊而散亂的記憶膠卷試圖定格，他找到四人在大溪車站旁的小吃店吃著一塊油豆腐與一碗味噌湯的影像，他還聽到哥哥的聲音從四十五年前的大溪傳了過來：慢慢吃，到了學校要努力。這一句是說給女兒聽的。還有一句是這麼傳來的，要認眞教書，以後一定要回部落教泰雅的孩子。族老日後果然回到部落，但他已經沒有教書的資格了，那一年他已經三十多歲，之前的歲月他一直因爲哥哥的政治案件而數度遷移在幾個牢房之中。記憶的膠卷其實並沒有持續太久，我們很快的就看到兩位便衣將族老的哥哥請到大溪分局，分局就在隔一條街不遠的地方，「眞的不遠嘛！我在心裡這樣想」，族老努力的回憶，他看到哥哥只說了一句放心之類的話，哥哥的身影轉過了街角，就只剩下來往的行人越過街道，轉過了街角哥哥不見了，從此哥哥眞的不見了。

族老的哥哥並非不見，只不過凝縮成我們所知道的警總案件幾行鉛字，沉黑的鉛字就像一則無法飛翔的鳥雀神話。

族老握著我整理出來的哥哥在日據時期的文章，愼重的說了聲謝謝，對著手上的資料輕聲的喃喃：很久沒有看到哥哥了。

我們走出屋外，天幕尚未掩蓋山村，陽光斜射這一方山野之地，它已經大異於我幾年前記憶母帶的印象了。族老忽然對我說孩子已經畢業了，我們相視一笑，彷彿洞悉某種深藏已久的秘密。

三、帶你回部落

握著翻譯好的日文資料，我總是感到紙上鉛字緩緩游動著，他們躺臥已久卻遺留某些生命的軌跡不願歇息，他們爬越我的指尖抵達髮下一吋的腦海中，有時候乘著山嵐襲入鼻息之間，這使我無論在白日或黑夜中形塑著某種虛幻的想像，正如同我失去報導人的線索時，透過想像，我恍惚以爲站在一九四四年日據末期的枕頭山上，穿越樟樹葉隙間，我看到一個十五、六歲蕃社尋常的原住民青少年，剛完成六年的蕃童教育並且夢想著成爲典範中的族人，例如幾年前當上總督府評議員的日野三郎、大溪郡雇員松山魁吾、新竹州理蕃課巡查原藤太郎，這些都是擦身而過的族人，你下定決心要追尋典範繼續求學，在角板山教育所補二生時你聽到了總督將要來到角板山的消息，總督親臨蕃社巡視可是一件大事，我知道你的情緒一如角板山地區的族人興奮莫名，其他的族人只能流露出欣羨與妒意的目光吧！沒有錯，我日後看到補二生深谷安吉高昂的情緒表露在「高砂族對總督閣下駕臨角板山的感想」一文，但就只留下這一篇文章，寫完這一篇文章之後你到哪裡去了？我游移在大嵙崁幾座山間仍然看不見任何蛛絲馬跡，深谷安吉到哪裡去了呢？石門水庫的黃族老說不記得有這個人，角板山現存的族老也認爲記憶中不曾有過深谷安吉，他到底在哪裡？難道都沒有後人嗎？爲什麼深谷安吉像黯夜的空氣無法捉摸。羅馬公路上，車行隨蜿蜒的道路左扭右擺，我的疑慮也跟著千折百迴起來了，總有人知道吧！我如此安慰自己。

羅馬公路從羅浮村起，迄馬武督社（今關西鎮錦山里），靠近羅浮村右側翠竹間，樂信・瓦旦在一九九三年安葬於此，那裡塑有一雕像，眼望羅浮村，再遠一點可遠眺角板山平台、志繼社，更遠的地方爲山勢所阻，那裡應該是一百年前熊空山下的大豹社，這些地方正是大豹社百年退卻的路徑。在一九九三年之前，樂信・瓦旦的骨灰一直與大兒子長伴相隨，骨灰有時藏在異地的床底下，有時擺在櫃子裡，移地遷居的時候骨灰也長伺在旁，猶如一對患難的父子。樂信，瓦旦也是我資料裡的「先覺者」，大兒子林族老住在羅浮，每次經過北橫或是羅馬線，總不忘去探望族老，我們之間彷彿有一條歷史的繩索牽引著，一如此時，我將車子停放在熟悉的庭院，眼望日本流風的山水格局，光陰的氣息便慢慢圍攏過來。

族老說幾個月前傷到脊椎，箝上鋼釘。我看到族老艱難的從躺椅轉身走下，我也看到時光之手撐住族老的背脊慢慢將他推上彩虹橋，右側的躺椅上猶殘留一枚衰老已極的笑意。族老說這些日子為了寫一篇文章所苦，說是自己的視力已經大不如前，躺臥床上就像一隻在樹洞等待祖靈的飛鼠。我看著字跡端秀的「我的父親林瑞昌的一生」一文，族老安祥的說著農會退休之後自己的山野生活，有時候攜妻走到林家祠堂，彎腰將父親身旁的野草拔除，經過街道也試著跟族人招呼寒喧。言談之間，我已經看不到族老在幾年前驚悚的表達某些情緒，那些關於一九五四年冬末的記憶似已沉澱在大嵙崁溪底，成為一顆顆堅硬的鵝卵石。我還記得族老與族人穿過冬天的早晨來到都城的談話，他們的神色在街道中顯得過分持謹，到了嗎？聲音似乎來自朔風之中，之後他們又再度靜默疾走，來到亂葬崗的道路旁，招引白幡的陰冷之門宛如鬼魅襲來，他們在水池中各自尋找自己的父親，找到之後親手安靜地燒焚親人的軀體，以年輕的十指親自耙梳父親留下的骨灰，發出諳啞的默禱聲，然後安穩的裝在一方罈中，他們按照族中的誓詞說著：爸爸，我要帶你回部落了。回到羅浮回到長興，沒有人知道他們的父親也回來了，族老說那一年的冬天可冷極了。

初春離冬季的記憶其實並不太遠，大嵙崁溪兩岸的綠竹昂揚挺秀，我感覺山村安謐的風景適合族老安撫著曾經激動的心室，族老緩緩推移一封寄自日本友人的來信，信裡夾雜一篇談論皇民化下台灣高砂族「先覺者」的文章，直指族老父親的婚姻爲「政略婚姻」，是日人統治高砂族的「協力者」，反過來說，就是族人的「走狗」與「原奸」。爲什麼不來採訪我呢，我一直在陪伴著父親啊？族老只說了這麼一句話。

吃晚餐時族老無法上桌，在臥室一角以自製的餐桌進食，春天的陽光開始黯淡下來，室外的黑夜就竄進來緊緊的擁抱孤獨的老人，Yada（族語，對女性長輩的稱呼）頻頻勸食，族老在室內默默進食。在昏黃的視野裡，我以爲樂信．瓦旦乘著暮色回來了，他的神情顯露出猶豫與進退兩難的困境，當他決定扮演著收繳族人槍枝以換取族人迎向現代化的空間時，是否想到自己的命運其實已經交由歷史的影武者決定了呢！沒有人回答我的疑問，Yada 說吃飯啊想什麼，我收回視線，喃喃的發出自己也聽不到的聲音：好像有人回部落了！

四、山谷迴音

當我驅車行駛於北橫路上已非僅止於想像了，道路沿著溪谷腰部切割而過，遠看像一條創意十足的現代皮帶，這條路百年以前是族人姻親或是物物交換或者是羊腸獵徑，過了不久，隆隆的砲聲使它成爲一條方便管理族人的理蕃戰備道，今天，它已經鋪上石油煉製的柏油，我們聽不到昔日砲聲或是迎接子彈的哀嚎，也聞不到獵人肩上獵物淌下的血水乃至於人世間的血腥氣息，它們都掩藏在焦黑色澤的瀝青路面之下，我們看到了初春煥發著白皙花芒的油桐樹，除此之外，綠色的披衣也留下上一次暴風雨肆虐的黃色傷殘，在雲霧隧道的對山，怵目驚心的山崩見證了大自然的力量，一條黃色泥路攀爬其上有如游絲，再遠一點就是色霧鬧部落，那裡也有一位報導人，今日恐怕無法登上，我還是選擇先越過高坡來到後山的高義。

幾年前初次來到高義是滿心期待要去見一九七三年的「隊長」，隊長曾經代理過國小校長，那個年代要成為校長是要一點手段的，角板山的族老說著，復興鄉充斥著東北客（大陸滿洲人），因為他們聽得懂日語，很多人就藉著傳送莫須有的戰功獲致功名，以後，我們的族人也參與了密報獎金的誘人遊戲。隊長後來以組織游擊隊謀反政府的罪名關了十三年，判決書說他是游擊隊的隊長，武器、部隊藏在阿里山。在高義，族老的二兒子神情嚴肅的充當翻譯，族老的話其實不多，顯然政治的空氣不願使族老開口，談到武裝游擊隊一事，族老苦笑著，我最遠只到過桃園，就是他們帶我走的那一天。

在上高義是第二次見面，我特意邀請隊長到「副隊長」家中，入夜後我們開始喝著驅寒的酒，對面的上巴陵燃起燈火點點，十一月末的空氣始終徘徊門外，族老幾次欲言又止，後來都被他擰成顫抖的酒液塞回肚腹之中，面對著承認自己是密告者，恐怕非常人所為吧！離開上高義，我寧願讓十一月的冷空氣擊滅，也不忍見到族老頂著歷史形成的冷鋒。

幾日來的冷鋒終究遠颺北台灣，車抵高義，在山坡上搭建的小部落一如往常，溫潤的空氣瀰漫山間，我熟悉的找到一節石階走下，有人坐在石階走道上閉目養神，走近身旁酒氣襲人，他抱著什麼東西睡著了，我走下，仰著頭看望，喚了一聲族老的名字，軀體動了起來，懷裡一條老狗緩慢溜下，果然是族老。我說怎麼睡在這邊，要不要扶你進屋。族老瞇著眼，你來啦！孩子，我在等你啊！我的兒子都在桃園，我留下來照顧老家。我知道，我說還是進屋睡個覺吧，太陽很快就要下山了。族老不肯離席，突然大聲的問你的爸爸媽媽是什麼人，你的祖父母有沒有刺青，我說有刺青，我們是泰雅族人。對啊！族老說著你是泰雅族我也是泰雅族，我的爸爸媽媽都有刺青，孩子你說，我是誰？我會是共匪嗎？我當然知道我們是同族人，泰雅族與共匪顯然相差十萬八千里。族老真的醉了，族老緩緩的將頭顱枕在膝蓋上，很快的就發出沉悶的鼾聲。離開石階，我暗自垂想族老也許不會記得這一次的見面，剛才的談話不過是說給尋常的山谷聽的，或許，只是說給自己聽的吧。偏斜的陽光照耀著對山，我對著族老俯視一眼，突然覺得黑夜很快的降臨在石階上，我的視線輕輕的搖動一下，石階上的老人卻隱沒在夜色的幕帷，老人彷彿消失在大嵙崁的山谷中了。

在雪霧隧道邊停車，對著高義的方向望去，黃昏已經席掩而至。我隨意的抽取書本，隨意的翻閱「台灣第五回高砂義勇隊——名簿、軍事貯金、日本人證言」一書，此刻我希望書中的名字爬上我的手臂，穿越我的鼻息，營造一幕幕歷史的影像，我看到安川新一、高田安二、福田　實等各郡族人的名字，他們錯列橫置，共同擁有遠赴南洋的命運，共同被記載在一紙黃色的簿紙上，松山誠治、米田正夫……我大聲對著山谷吼著，古山義雄，山谷次第回答：義雄……，石橋正夫、深谷安吉、有村……山谷再度傳來：安吉……的回聲，深谷安吉，這不是我要找的先覺者嗎？我找到了，我終於在第五回高砂義勇隊的戰歿名單上找到深谷安吉，原來族老早已跟隨我出入部落幾個月之久了，我終於忍不住對著降下夜幕的山谷喊著，深谷安吉……這一次，歷史的山谷沒有任何的回聲，只有心臟的跳動聲從胸臆間跳出：咚咚咚……咚咚……

第一屆台北文學獎散文類首獎

龐大而安靜地嘆息

一、奔日月潭

四月春，越埔里直奔日月潭。車行中埔公路，寬敞的四線道，使兩側的風景快速地消失在雪鐵龍車窗外。這一帶滿山遍野已經換植昂揚翠綠的檳榔樹了，沿路衣飾薄如寒蟬的檳榔小姐安座椅上切割檳榔菁，她們嫻熟的動作與年齡恰成反比。有些轎車停當在攤位邊，眼睛直視胸線不放，小姐也快意盎然職業性地嬌嗔幾句，以便停留人客解饞的慾望。我將目光梭巡道路兩側，只見灌木叢生，不見一株樟樹，整個山色已經大異於百年前的風景了。

我注意這四線道上的站牌是新政府取用的地名，但我私下還是喜歡「水沙連」的名字，聽起來像是叮呤叮呤的串串風鈴聲，住在這裡的人們，想必是嚮往有水斯有地的膏腴沃土，果然，在出土的文獻裡，我們不只看到一波又一波的人群遠從西部平原來到這座台灣的地理中心，人潮、族群的擠兌勢必也撼動了各族群生活的樣貌吧。一七三六年，黃叔璥在《臺海使槎錄》的〈附載〉中爲我們揭開了水沙連諸社歸化清廷的面貌：「通事另築寮於加老望埔，撥社丁，置煙、布、糖、鹽諸物，以濟土番之用，售其鹿肉皮筋等項，以資課餉。」「土番」指的是水沙連內山族群，「課餉」意味著歸俯於官廳，但是隨著族群的互動，內山族群泰半受到漢化，嘉慶十九年到二十一年間，水沙連地區發生了漢人郭百年以武力越界的侵墾事件，劇烈地改變了此地的族群生態。在彼消此長的歲月淘洗下，往日的水沙連地區多族群面貌已經逐漸單一化了，除了在守城大山山腳下，隨著近年多元文化的鼓吹，漸有人恢復了平埔族的身分外，其餘盡皆漢族天下，但是隱藏在漢族面具底下的血液，恐怕才是眞才實料的多元文化吧！

進入環湖道路右轉，雪鐵龍直驅教師會館，這一回我並沒有進入德化社，我是來參加一項名爲社區總體營造的研討會。主辦單位安排住宿的地點是湖邊的歐式建築物，敞開窗簾，晚風習習，不遠處是原稱珠子山的光華島，島上早已雕鏤的俗不可耐，在東北向湖潭的盡頭有閃閃燈光，那就是德化社了，遠望黯夜中的德化社，四月的晚春午夜竟讓人有寂天寞地之感。

二、走訪德化社

印象中，我的童年曾經停佇在日月潭畔，抓開模糊的歲月膠捲卻泛起一層一層水霧，我知道那是清晨日月潭升起的迷霧，擦掉歲月的迷霧，一陣喧天鼓地的歌舞聲很快地就乘著記憶的篩絡降下來，我於是知道另有一支「山地人」住在此地，當時，我八歲，小的分不清誰是布農族、邵族、泰雅族。後來再次抵臨日月潭，已經是二十個寒暑後的事了，此來亦非爲觀光而是進行部落採訪。當我來到童年的歌舞場，它已經沒落如棄婦，水泥地上的塵埃也無法照見昔日的榮光。「更早的時候，」我的邵族朋友感嘆的說：「這裡原是一座水田。沒有水田當然就沒有農業。」

走出塵埃瀰漫的歌舞場，一條各地都有的中正路橫劈德化社，街道兩旁盡是販賣山產、蜂蜜、各地名產的商店，此時卻杳無人跡，宛如一座廢城，我就近參觀購得仿冒國外的藝品權充「山地文物」而販賣，我拾起一尊異國風情的木雕，友人快人快語的說：「尼泊爾的，仿製品。」語畢，我們會意地相視一笑。沒有地方特色的觀光區，觀光客自然是門可羅雀。

水田其實是因應觀光的需求改建成文化村，村人無償供給政府規劃，唯一的要求是希望可以在文化村裡謀得半職，等到財團經營不善，村人只能眼睜睜的看著曾經帶來希望的文化村關閉，其實追溯德化社的觀光業早在日據時期即已萌芽，五〇年代更因爲出名的歌舞而屢次被帶到金門、馬祖前線勞軍，朋友的母親在廳堂不只一次得意的說：「我們跳舞給阿兵哥看，他們看的口水都流下來，後來我知道了，跳舞就是勞軍。」

中正路靠湖邊的聚落才是邵族人居住的地方。我們順著道路往下走，不規則的木造、鐵皮、水泥屋參差其間，像是一座無人管理的違章建築，朋友指著高低不平的建築物說：「歷任的縣長說這裡是『南投之瘤』，意思是住在這裡的人和建築物丟了南投縣的面子，所以要市地重劃，建設一座美麗的村落。」我們進出幾座家屋，市地重劃的結果，卻看到木造屋、水泥屋共處一室的局面，後來村人數度陳情，結果總是不了了之。我不知道是不是因爲邵族人數少的原因。

走到碼頭，不遠處正在大興土木，一座三層樓高的木造屋骨架撐住了日月潭上的天空，這更加顯得德化社的落寞寂寥。友人無趣地說：「資本家蓋的休閒小木屋，廣告這麼寫的！」天啊！三層樓還算是「小木屋」？

三、祭典

電話鈴響在山村午夜，友人從日月潭翻過幾座山將聲音傳到我的耳朵，「你來吧！豐年祭。」朋友的聲音攜帶莫名的興奮，探詢之下，才知道是邵族中斷了許久的祭典因爲縣政府決意創造明潭觀光而舉辦，「我已經二十多年沒看到祭典了。」難怪朋友話筒裡的聲音充滿著戀慕情懷。我說，好吧！

經過明潭風景區收費站，我謊稱是邵族人回來參加祭典，收費員看著我的臉，似乎也無從分辨我是不是邵族人，反正中部山區的原住民在漢人看來都是一個模子，就像我們看外國人都是白人一樣。收費員無奈地讓我通過，我加快油門，拋下一句：晚上來看豐年祭。

晚上其實並沒有豐年祭，邵族也沒有「豐年祭」的名稱，翻成漢譯，應該是接近「年祭」或者是「祖靈祭」。邵族的祭典從農曆八月初三開始，一直到八月十五日，也就是漢俗的中秋節時分。到了德化社，族人似乎都爲這個遲來的祭典而歡愉著，各式的彩飾飄蕩在家屋四周，很有節慶的味道。

這一天是農曆八月初三，族人穿戴傳統服飾齊聚袁姓頭人（頭目）家接受祝福，接著是「先生媽」的「公媽籃」儀式，公媽籃存放在一小屋中，籃內盛祖先遺留下來的衣飾，用以代表祖靈的存在，幾個先生媽圍在小屋前作禱，虔誠至極。朋友戒甚戒恐的說：「先生媽 Misshishi 是我們邵族主要的文化傳承者，身負服侍最高祖靈 Pasalar、氏族祖靈 Apa，是各種重要祭儀的女祭師。」所以朋友鄭重的告訴我，千萬不要靠近拍照，這樣是會褻瀆儀式的。正在此時，幾個外地來的媒體記者快速地進行攝影接力似的，朋友看不過去，輕巧巧地越近衣著光鮮的媒體記者，「請你們不要拍照好嗎？」有人退讓下來，一位資格較老的記者壯著膽子回應：「我們拍這個是要保留最後的儀式，否則以後你們忘了，你們要怎麼辦？」記者完全無視於邵族族人的存在般，提高聲量說：「明天上報是你們的福氣啦！」我幾乎要按捺不住失控的情緒，有個族老說：「算了，讓他們拍！」

公媽籃的儀式完了，接著是先生媽練唱祭典的歌謠，主祭的先生媽先領唱，接著是其他先生媽跟唱，剛才拍照的先生小姐彼時也專業的掏出錄音帶，專心致志地聆聽，唱到中斷，領唱的先生媽突然停止，歌聲像斷線的風箏，兀自在空中迷失，「味記了，哪欸昧記了哩！」主祭老婦拍一拍自己的頭顱，好像要把斷線的音符從腦袋中敲出來，她環著其他的先生媽，「記得沒？」眾人搖搖頭，我正納悶著怎麼會忘了呢？這不是邵族的祭詞嗎？其他幾個記者見到這種焦躁的場面，索然無趣地收起錄音機，拋下一句：「沒得玩了！」

日後的幾個夜晚，我趁勢混熟先生媽，她們抱怨著說太久太久沒有舉行祭典了，因此她們幾個晚上湊在一起，以腦力激盪的方式勉力完成了不知道是不是完整的祭歌，我在一旁觀看，漸漸就興起悲涼的意念，我彷彿正親眼目睹一個衰微的族群走入黑夜的道路，那些先生媽就像是以衰老之手擎起抖顫的火把，但是誰能爲這幾支火把添上火油呢？答案在黑夜中似乎都墜入深潭裡，一座深不可測的黝暗的問號。

八月十五日，是整個祭典的高潮，但是縣政府有意將活動辦的有聲有色，因此也召喚附近的布農族、泰雅族一同推出節目以娛觀光客，最後一支舞碼是邵族的戰士舞，眾人圍成一大圈，隨著拋甩的韻律與節奏，逐次增強的離心力量慢慢將不支的人群甩出去，直到舞群僅剩個位數時，力與美的舞姿頓時撼動了所有人，手臂的昂揚與腳步的重力，簡直是要有一座山和一頭台灣黑熊的力量才舞得下去，這樣強烈的拋甩舞姿我卻是今生僅見。當我在一旁欣賞時，一位邵族少年大聲的對我說：「喂！我們的舞厲害吧！觀光客！」一聽到少年的問話，我只能張目瞠舌，對啊！終究我只是個觀光客，雖然我也是原住民族，但總不是邵族人。

我日後拒絕其他族群祭典的觀賞恐怕也源自於此，因爲既然不想成爲觀光客，就拒絕做觀光客。而眞正心底的驅動，我想是目睹先生媽挽救族群文化的那種無力與悲涼吧！

四、邵族與貓熊

越二年，我帶著妻兒重遊舊地，我的目的其實是趁暑假期間環島一周，順著路程拜訪每一個部落所認識的老人家。夕暮時分我們來到德化社，因爲當日剛選完小區域的村長選舉，好心的商家告知族人在一間餐廳「慶功宴」飲酒作樂，我當下火速來到餐廳，樓梯上去的二樓果然人聲鼎沸，輕步地走上去，果然就見到邵族人，此刻族人幾乎全員到齊，奇怪地卻是個個面無喜色，袁姓族老到台前致詞：「這一次的村長選舉我們沒有輸，但是輸在我們人數太少了，有投票權的人數總共才一百八十多票，這幾十年來到日月潭的平地人就超過二百人，這個教訓是告訴我們，嫁先生要嫁我們邵族人，這樣生下的孩子才會是邵族人。」許多人點頭稱是，我的朋友難過的告訴我，村長選舉我們輸了。之後我們默默地走下來，來到水聲盎然的八角樓。

往平地人居住的地方看去，那輝煌的燈火早就預言了不公平的遊戲，而這遊戲是數人頭的遊戲，整個邵族僅有二百九十幾人，這就是一個民族的命脈了，當一個民族用整個命脈搏鬥也會輸在平地社會都不太起眼的村里長選舉時，我們還能說些什麼呢？相傳珠子嶼原來有一棵碩大的茄苳樹，其枝葉根莖的繁茂與否代表著邵族人的興衰，如今茄苳樹已經沈沒在湛藍的潭水裡，祖靈似乎也就不再祝福邵族人了！

看著深黑的潭面，早來的秋風泛起，朋友低著頭說：「你知道大陸的貓熊有幾隻？」我說我不知道。「五百多隻。」揭開了答案，朋友繼續說：「大陸的貓熊僅剩五百多隻就成爲國寶，我們全部族還不到三百隻，你說該不該是國寶？」我無言以對。接著，我看到我臨近老年朋友頭抵著肩輕輕地啜泣起來了，我想是該爲自己的民族而哭的時候了，我因此不敢驚擾族人的哭聲，那哭聲是蓄積了歷史的親痛仇快，那哭聲是洗淨恥辱的時光之水，一如二樓那巨大而沈默的族群之哭。

五、龐大而安靜地嘆息

聽見一個民族的哭聲之後，這幾年未曾踏足德化社，我不知道是不是因爲自己的民族多於邵族而昇起的憾恨之痛，也許它像是一座歷史的禁錮吧！我不知道。

十月初，報上消息傳來邵族舉行日月潭觀光祭，在宣稱多元文化與推動文化觀光的口號下，官員少不得前來關心兼作秀一番，全國最高行政首長蕭院長（十月四日）也乘著汽艇自水面而來（他幹嘛不走陸路！），邵族人也以「地主」的大禮在泊船處八角樓處迎接「尊貴的客人」，不料卻在離水不遠的浮排上，副頭目石福祥卻滑落到潭水裡，有人向維持秩序的員警二名報案，卻因職責所在（維持迎接的秩序與安全）而未積極搜尋；也有族人放心地開玩笑說副頭目水性很好，等一下就會爬上來。但是副頭目卻在行政院長離去之後依然沒有爬上來，因爲他已死在日月潭中。祭典依舊舉行，溺斃的副頭目卻遲至六日才被打撈上岸，爲日月潭觀光祭平添亡魂，或許亡魂有靈，蕭院長在祭典中聲言同意「邵族」的名稱。

副頭目過世不到一個月後，行政院原住民委員會在委員會議中將「邵族」定位為「鄒族平地原住民」。這樣的結果，恐怕都比輸了村長選舉、死了一位副頭目是還要嚴重而悲憤的事了！

這一次我主動打電話到朋友處，朋友平心靜氣的說：「這是不察極度弱勢族群集體衰微的心靈世界的結果！」接著又自我打氣的喃喃道：「我們還會努力的！」

我以為此事態影響之嚴重，在於不但以訛傳訛，更是典範化了官方文化霸權的慾望。試問有哪一位「邵族」人認同自己是「鄒族」？而居住在海拔一千公尺以上的日月潭「邵族」人為何又是「平地」原住民？假如官方論述宣稱「山地／平地」原住民之差異在於「文明接受之生與熟」、「進化程度有別」、「依據日據時期林野調查後之居住地」之其中任何一項的話，均不脫「殖民主義」的統治邏輯——是一個徹徹底底經由法律（經由委員會議的國家儀式）授權的暴力。否則，就應該傾聽族群心靈的呼聲。

在欽定「鄒族平地原住民」的名稱下，也許原民會諸位文明的、進步的、官方的賢達們，之所以會有「仍有爭議」的疑慮，不僅是其歷史的因素、族群間的情結，人類學科學的分類乃至於是族群認定等錯綜複雜的交織網絡所致，但是，當代的族群命名除了是國家政治力的展現外，有識者均已經注意到命名更是族群認同操作的重要過程，它是每一個多族群文化體的單一族群得以建立主體性的初步實踐，沒有使每一個族群完成初步的實踐就沒有多元化的想像，遑論族群融合的可能。

死了一位副頭目之後，假如「邵族」人因而得以凝聚每一顆衰弱的心靈成為爭取族群主體的力量，這將是「邵族」之幸！

死了一位副頭目之後，假如著國家意識無法體察弱勢族群的心靈，並據以爲擅自操控命名權，這將是代表著國家再一次展示文化霸權圖像，但是後殖民論述從歷史上找到的警示是：被殖民者不僅只是殖民統治下被動的他者，只要否認主人，奴隸的被動性就會因集體的力量反轉統治的關係。

當我這樣基進的安慰我的朋友時，話筒一端卻傳來龐大而安靜的嘆息。是的，那是龐大而安靜的嘆息，正如龐大而安靜的日月潭。

台灣原住民系列・新書推薦

山棕月影

布農族詩歌與生活諺語

收錄布農族諺語，及作者的布農語與中文詩歌。在諺語中可窺見布農生活哲理，而作者的詩歌中，可咀嚼出原住民族群追尋傳統過往與未來的失落感。

伊斯瑪哈單・卜袞◎著　定價160元

祖靈的腳步

卑南族石生支系口傳史料

分別來自巫師、祭司、神父、傳道者身分的口述者，道出屬於卑南石生支系的神話、傳說、人文風俗等記憶圖騰，組成的一部完整的卑南族石生支系部落史。

曾建次◎編譯　定價180元

赤裸山脈

省思族群生命的泰雅故事

七篇文筆洗鍊的小說佳作，從山林到城市，細細描繪了一個生動的原住民社會，如何在外在的條件轉變下，隨之調適；獵人心情，更是本書刻畫的重點。

游霸士・撓給赫◎著　定價250元

◉如需更詳細的書目，可來電或來函索取

台灣原住民系列・新書推薦

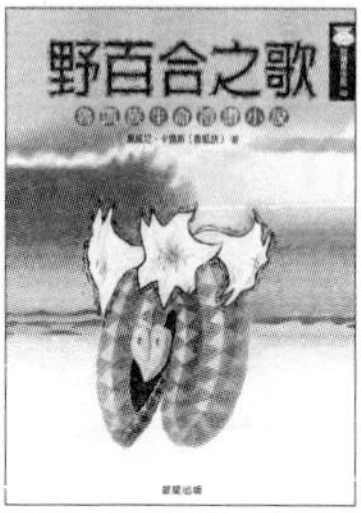

野百合之歌

魯凱族生命禮讚小說

這本書，作者是以一個家族作爲魯凱族的縮影，藉由這個家族的故事訴說著魯凱族人的生命禮俗，從新生到死亡，伴隨著許多莊嚴的儀式，每一個儀式的背後，都是族人對生命的尊重、祝福與珍惜；並將魯凱族人的生活智慧與人物群像生動地呈現在你我眼前。

夏曼・藍波安◎著　定價200元

番人之眼

部落觀點，獵人說故事

來自泰雅部落的瓦歷斯・諾幹，承繼泰雅獵人的血統，以獵人捕捉飛鼠的銳利目光，穿透文明與荒野的界線，傳述來自山海部落的原住民心事。

瓦歷斯・諾幹◎著　定價200元

山野笛聲

泰雅人的山居故事與城市隨筆

本書收錄里慕伊部落族人、山上家人，以及城市友人的生活故事，裡頭有對大自然的戀戀情懷、幼兒的熱情關愛、族人的眞情流露，與家人的親暱相愛，自然流露她往返部落與城市間的歡喜與憂慮。

里慕伊・阿紀◎著　定價250元

台灣原住民系列 44

迷霧之旅

著者 瓦歷斯・諾幹
文字編輯 薛尤軍
美術編輯 賴怡君

發行人 陳銘民
發行所 晨星出版有限公司
台中市407工業區30路1號
TEL:(04)23595820 FAX:(04)23597123
E-mail:service@morning-star.com.tw
http://www.morning-star.com.tw
郵政劃撥：22326758
行政院新聞局局版台業字第2500號
法律顧問 甘龍強 律師
製作 知文企業（股）公司 TEL:(04)23581803
初版 西元2003年3月30日

總經銷 知己實業股份有限公司
〈台北公司〉台北市106羅斯福路二段79號4F之9
TEL:(02)23672044 FAX:(02)23635741
〈台中公司〉台中市407工業區30路1號
TEL:(04)23595819 FAX:(04)23597123

定價180元
（缺頁或破損的書，請寄回更換）
ISBN 957-455-364-7
Published by Morning Star Publishing Inc.
Printed in Taiwan

國家圖書館出版品預行編目資料

迷霧之旅／瓦歷斯・諾幹著；－－初版.－－臺
中市：晨星，2003〔民92〕
面；　　公分.－－（台灣原住民系列；44）

ISBN 957-455-364-7（平裝）

855　　　　91023958

◆讀者回函卡◆

讀者資料：

姓名：________________　　性別：□ 男　□ 女

生日：　／　／　　身分證字號：________________

地址：□□□________________________________

聯絡電話：　（公司）　（家中）

E-mail ________________________________

職業：□ 學生　□ 教師　□ 內勤職員　□ 家庭主婦
□ SOHO族　□ 企業主管　□ 服務業　□ 製造業
□ 醫藥護理　□ 軍警　□ 資訊業　□ 銷售業務
□ 其他________________

購買書名：________________________________

您從哪裡得知本書： □ 書店　□ 報紙廣告　□ 雜誌廣告　□ 親友介紹
□ 海報　□ 廣播　□ 其他：________________

您對本書評價：（請填代號 1. 非常滿意　2. 滿意　3. 尚可　4. 再改進）

封面設計________版面編排________內容________文／譯筆________

您的閱讀嗜好：

□ 哲學　□ 心理學　□ 宗教　□ 自然生態　□ 流行趨勢　□ 醫療保健
□ 財經企管　□ 史地　□ 傳記　□ 文學　□ 散文　□ 原住民
□ 小說　□ 親子叢書　□ 休閒旅遊　□ 其他________________

信用卡訂購單（要購書的讀者請填以下資料）

書　名	數　量	金　額	書　名	數　量	金　額

□VISA　□JCB　□萬事達卡　□運通卡　□聯合信用卡

•卡號：________________　•信用卡有效期限：______年______月

•訂購總金額：____________元　•身分證字號：________________

•持卡人簽名：________________（與信用卡簽名同）

•訂購日期：______年______月______日

填妥本單請直接郵寄回本社或傳真(04)23597123

請填妥後對折裝訂，直接投郵即可，免貼郵票。

廣告回函
台灣中區郵政管理局
登記證第267號
免貼郵票

407

台中市工業區30路1號

晨星出版有限公司

請沿虛線摺下裝訂，謝謝！

更方便的購書方式：

(1)信用卡訂閱 填妥「信用卡訂購單」，傳真至本公司。

或 填妥「信用卡訂購單」，郵寄至本公司。

(2)郵政劃撥 帳戶：晨星出版有限公司 帳號：22326758

在通信欄中填明叢書編號、書名、定價及總金額即可。

(3)通　　信 填妥訂購人資料，連同支票寄回。

◉如需更詳細的書目，可來電或來函索取。

◉購買單本以上9折優待，5本以上85折優待，10本以上8折優待。

◉訂購3本以下如需掛號請另付掛號費30元。

◉服務專線：(04)23595819-231　FAX：(04)23597123

E-mail:itmt@ms55.hinet.net